세상끝아케이드

세상끝아케이드

最果てアーケード

오가와 요코 연작소설집
권영주 옮김

현대문학

차례

의상 담당

"어떤 연극이든 등장인물들은 다들 이 세상 사람이 아니에요.
관객과 다른 시간 속에 있죠. 오로지 무대 위에서만 배우의 몸을 빌려
모습을 드러내고, 막이 내리면 흔적도 없이 사라져요.
그런 인물들이 입는 옷인 거예요. 내가 만들어야 하는 건."

그곳은 세상에서 제일 작은 아케이드다. 아케이드라고 해도 되나 망설여질 정도였다.

입구도 눈에 띄지 않고, 안쪽은 눈이 어둠에 익을 때까지 시간이 걸릴 만큼 어둑어둑하다. 통로는 좁고, 포석은 군데군데 깨졌고, 십몇 미터 가면 벌써 끝난다. 기름한 2층 건물로 통일된 상점들은 하나같이 오래됐다. 2층 덧문이 당장이라도 떨어질 것처럼 보인다든지, 벽에 제비 둥지의 잔해가 붙어 있다든지, 간판의 글씨가 반쯤 지워졌다든지 한다. 지붕에 끼운 스테인드글라스는 모조품인 데다 먼지에 찌들어 해가 쨍쨍한 날에도 흐릿한 빛만 통과시킨다. 바로 앞 큰길로 노면전차가 지나갈 때면 점포 유리문들이 일제히 덜컹거려 한순간 번화한 곳처럼 느껴지기도 하지만, 금세 정적이 돌아온다.

어쩌면 아케이드라기보다 아무도 모르게 우연히 생겨난 세계의 우묵한 구멍이라고 표현하는 게 나을지도 모르겠다.

나는 그곳에서 태어났다. 아버지가 그곳 소유주 겸 관리인이었다. 내가 열여섯 살 때, 동네 절반을 태워버린 큰불이 나서 근처 영화관에 있던 아버지가 죽었다.

영화관도, 보건소도, 교회도, 청과물 시장도 모조리 타버렸건만, 어째선지 아케이드만은 지붕 유리가 깨졌을 뿐 화를 면했다. 두 줄로 늘어선 점포 겸 주택과 아치형 지붕의 철골만 오도카니 남아서는, 생각지도 않게 맨몸뚱이를 드러내는 바람에 마음이 불편한 듯했다. 하지만 걱정할 필요 없었다. 눈 깜짝할 새에 재개발이 진행되면서 아케이드는 새 건물에 에워싸여 이윽고 우묵하게 가라앉았다. 비로소 본래 있을 장소에 자리를 잡았다는 양 안도하며 눈을 내리깔았다. 지붕은 또다시 모조 스테인드글라스로 덮였다. 나는 지금도 변함없이 그곳에 살고 있다.

아케이드 끝까지 들어간 곳에 안마당이 있다. 나란히 늘어선 점포와 지붕이 끝나는 곳 그 너머, 아파트와 임대 건물의

벽으로 둘러싸인 공동空洞이다. 말이 마당이지 이름도 알 수 없는 나무 두세 그루가 저 좋을 대로 가지를 뻗고 있을 뿐이고 관리도 전혀 안 되지만, 아케이드의 상점 주인들에게는 볕을 직접 쬘 수 있는 소중한 휴식 장소다. 누가 어디서 가져다 놓은 망가진 의자에 앉아 점심시간에 잠깐 눈을 붙이고, 여름날 해 질 무렵 찬 음료를 마시며 더위를 식히기도 한다. 어차피 작은 아케이드라 점포 안에서 가게를 보건 안마당에 있건 별 차이가 없다.

나도 우리 집 페페와 함께 안마당에서 많은 시간을 보낸다. 날씨와 예전에 한 여행과 좋아하는 가수와 먼 친척과 죽은 정치가에 관해 상점 주인들과 함께 수다를 떤다. 이야기 상대가 없을 때는 그저 한결같이 페페를 쓰다듬는다. 그러면서 손님과 상점 주인이 주고받는 말을 귀 기울여 듣는다. 그들의 목소리는 천장 유리에 반사되어 메아리쳐서, 안마당까지 놀랄 만큼 또렷하게 들린다.

그래 봤자 손님은 그렇게 많지 않다. 큰길을 오가는 사람들 대다수가 그곳에 아케이드 입구가 있다는 것조차 모르고 지나친다. 어쩌다 멈춰 서서 안을 들여다보는 사람이 있어도 '이젠 영업을 안 하는구나' 하고 멋대로 단정하고 가버린다.

'대체 이런 걸 누가 사는데?' 싶은 물건을 다루는 가게들만 모여 있으니 어쩔 수 없으리라는 자각은 상점 주인들에게도 있다. 점포 입구는 어디나 그 이상 줄이려야 줄일 수 없을 만큼 좁다. 천장은 낮고, 안도 그렇게 넓지 않고, 쇼윈도는 모형 정원 정도의 공간밖에 없다. 이곳에서는 그런 소박함에 걸맞은 물품들을 취급한다. 사용된 그림엽서, 의안, 휘장徽章, 태엽, 장난감 악기, 인형 전용 모자, 문손잡이, 화석…… 하나같이 우묵한 구멍에 끼여 옴짝달싹 못하게 되어 숨죽이고 있는 듯한 물건들이다.

하지만 그래도 손님은 온다. 필요로 하는 사람이 단 한 명뿐이라 해도, 물건들은 그 한 명이 이곳에 다다를 때까지 인내심 있게 기다린다.

어느 날, 아무런 전조도 없이 누가 아치형 입구 앞에 와서 선다. 나는 안마당에서 어둠 너머로 보이는 실루엣을 유심히 관찰하며 속으로 '어려워하실 것 없어요, 편히 들어오세요' 하고 중얼거린다. 나는 실루엣을 보면 그가 정말 아케이드를 필요로 해서 기나긴 방황 끝에 이곳에 이른 사람인지, 아니면 단순히 호기심에 구경 온 사람인지 구분할 수 있다. 그들은 내 소리 없는 말을 신호로 조심스레 아케이드에 발을 들여놓고 좌우 가게들을 살펴보며 걷다가, 이윽고 미리 정해진 장소로 빨려 들듯 한 가게 앞에 멈춰 선다.

"어서 오십시오."

주인이 결코 주위의 정적을 깨뜨리지 않는 목소리로 말한다.

어서 오십시오. 이 얼마나 좋은 말인가. 상점 주인들은 모두 과장된 몸짓이나 표정에 의존하지 않고도 이 한마디 말로 손님의 노고를 위로할 수 있다. 기나긴 노정 끝에 가까스로 사야 할 물건을 만난 그들을 진심으로 환영할 수 있다.

"여기, 저 선반에 있는 것 좀 보여줄래요?"

아케이드 딱 중간쯤에 있는 레이스 상점에서 들리는 목소리는 단골이 된 지 이미 오래인 노부인이었다.

"아, 그거 말고, 그 옆. 삼끈으로 열십자로 묶은 거."

사다리에 올라서서 상품을 내리는 주인의 모습이 유리문에 비쳤다.

"그래요, 그거. 왜 묶어놓는 거죠? 상할 텐데."

실은 이제 막 우편으로 받은 상품이라 짐을 푸는 중인데 손님이 오셔서…… 하고 주인이 어물어물 변명했다. 노부인은 그 말을 끝까지 듣지도 않고 "다른 손님한테 팔려고 안 보이는 데 감춰놓은 건 아니겠죠?" 하며 혼자 유쾌하게 웃었다. 웃음소리는 스테인드글라스 여기저기에 부딪혀 경쾌하게 울려 퍼졌다.

"아이고, 무슨 그런 말씀을……"

주인은 사다리를 가게 구석으로 치우며 허둥지둥 부정했다. 그는 아케이드에서도 가장 말수가 적고 심약한 주인이었다.

노부인은 예전 영화관 옆에 있던 극장에서 오랫동안 의상 담당으로 일했던 사람이었다. 이미 은퇴했지만 우리는 모두 그녀를 의상 담당이라 불렀다. 극장은 화재가 있은 뒤 볼링장이 되고, 스포츠 센터가 되고, 화랑 겸 다목적 살롱이 되어 이미 예전의 자취를 찾아 볼 수 없었다.

그녀는 처음부터 다른 상점은 거들떠보지도 않고 곧장 레이스 상점으로 왔다. 처음 모습을 드러낸 것은 비가 쏟아지던 저물녘으로, 손님이 여느 때보다도 없어 일찌감치 하나둘 가게 문을 닫으려던 참이었다. 그녀는 조그만 몸집에 어울리지 않는 새까맣고 커다란 우산을 받고, 양손에 종이 쇼핑백 여러 개를 들고 서 있었다. 우산에서 흘러내리는 빗물에 레인코트 어깨도, 가죽 펌프스도, 쇼핑백도 흠뻑 젖었다.

"아아, 여기구나. 여기야."

빗방울을 흩뿌리며 레이스 상점 앞에 멈춰 선 그녀는 또랑 또랑하고 활기찬 목소리로 말했다.

"다행이야, 늦지 않았어."

순식간에 포석의 움푹 팬 곳에 물이 괴었다.

"어서 오십시오."

주인은 평소와 같은 어조로 그녀를 맞이했다.

그곳은 헌 레이스만 취급하는 가게였다. 숄이며 무릎 덮개, 옷깃, 전체를 레이스로 만든 이브닝드레스처럼 원래 형태가 남아 있는 상품도 있었지만, 대부분은 잘라낸 쪼가리였다. 그런 레이스가 격자 모양 칸막이로 구분된 선반과 서랍에 빽빽 하게 진열되어 있었다. 낡아서 못 입게 된 의복에서 아직 숨이 붙어 있는 레이스만을 잘라내 구해내는 게 주인의 특기였다. 주인은 왕족의 딸이 결혼식에서 썼던 올 하나 풀린 데 없는 온전한 상태의 베일보다, 가난한 소녀가 딱 하나 가지고 있던 외출용 블라우스의 옷깃 가장자리를 둘렀던 손뜨개 레이스를 더 사랑했다. 물론 값은 베일이 비교도 안 되게 비싸다. 하지만 이제는 원래 어떤 부분을 장식했었는지도 알 수 없게 된 조그만 레이스 조각이 팔릴 때 느끼는 애틋함은 주인에게 특별한 것이었다.

"미안하네요, 이렇게 쫄딱 젖었는데."

의상 담당은 레인코트 주머니에서 구깃구깃한 타월을 꺼내 상품에 물방울이 튀지 않도록 조심하며 몸을 닦았다.

"아닙니다, 신경 쓰실 것 없습니다. 괜찮으시면 안으로 더 들어오시죠."

주인은 그녀에게 가게 구석의 가스난로 앞에서 불을 쬐라고 권했다.

그는 곧 의상 담당이 레이스에 대해 자신과 같은 마음을 갖고 있다는 것을 알아차렸다. 그녀는 마네킹이 입은 드레스와 쇼윈도에 펼쳐놓은 숄에는 관심을 보이지 않고, 칸막이 속 쪼가리만 연신 들추어보았다. 니들포인트 레이스, 보빈 레이스, 자수 레이스, 코바늘뜨기 레이스, 기계 레이스, 실크, 코튼, 리넨, 나일론, 흰색, 크림색, 베이지색, 진주색…… 헤아릴 수 없이 많은 종류의 레이스가 있었다. 의상 담당은 그 앞에 두 발로 버티고 서서는 구부정한 자세로 고개를 앞으로 빼고 일심불란하게 탐색을 계속했다. 문득 손을 멈추고 레이스 한 장을 끄집어내는가 싶으면 곧바로 탐색을 재개하곤 했다.

레이스를 선택하는 기준은 단순하지 않았다. 누렇게 얼룩져 행주나 다름없는 것이나 살짝만 문질러도 가루가 풀풀 날릴 듯한 오래된 물건을 고를 때도 있었다. 오랫동안 의상 담당으로 일하며 천과 실을 만져온 손가락이 레이스들의 속삭임을 정성스레 들었다. 주인은 그녀에게 방해가 되지 않도록 잠자코 비켜서 있었다.

"어휴, 여기까지 걸어온 보람이 있었네."

그녀는 선반을 대충 다 살펴본 뒤 검지로 관자놀이를 꾹꾹 누르며 굽은 허리를 폈다. 카운터 위에 아무렇게나 골라내어 놓은 레이스들은 별안간 불빛에 노출되어 수줍은 듯 서로 몸을 맞붙이고 있었다.

"이거 전부 줘요."

의상 담당이 말했다.

"네, 알겠습니다. 감사합니다."

주인은 머리 숙여 인사했다.

빗발이 더 굵어졌는지 스테인드글라스를 때리는 빗소리가 온 아케이드를 뒤덮고 있었다. 그런데도 레이스 상점을 메우는 정적은 빗소리가 커지면 커질수록 깊어지는 듯했다.

"양이 꽤 많으니 원하시는 곳으로 배달해드리죠."

레이스를 모두 포개 꼼꼼하게 포장한 뒤 주인이 말하자 의상 담당은 놀란 표정을 지었다.

"비가 이렇게 쏟아지는데 모처럼 사신 레이스가 젖으면 안 되죠. 겸사겸사 다른 짐도 같이 가져다 드리겠습니다."

그녀의 발치에 축 늘어져 있는 쇼핑백들에는 레이스 상점에 다다르기 전 이곳저곳 다니면서 손에 넣은 옷감이며 단추, 리본이 가득 들어 있었다.

"사양하실 것 없습니다. 여기 아케이드엔 전용 배달원이 따로 있거든요."

주인은 포장을 끝낸 레이스를 살며시 어루만졌다.

"잘됐네요. 고마워요."

의상 담당은 미소 지었다. 젖은 머리칼이 이마에 들러붙어 있었다.

이튿날은 하늘이 구름 한 점 없이 맑았다. 안마당을 뒤덮은 나무들의 잎사귀 하나하나에서 물방울이 반짝였다. 나는 옷감과 단추와 리본, 그리고 물론 레이스가 담긴 짐을 들고 의상 담당의 집으로 갔다. 페페도 함께 갔다. 레이스 상점 주인이 비에 젖어 찢어진 종이 쇼핑백 대신 짐을 전부 깔끔하게 새로 포장해준 덕에, 전날 지칠 대로 지쳐 후줄근하던 그들도 말끔하게 꾸려져 있었다.

"잘 왔어요. 고맙기도 하지. 자, 들어와요."

그저 배달하러 온 것뿐인데, 의상 담당은 나를 무척 환영해 주었다.

"급할 것도 없는데 천천히 있다 가요."

의상 담당의 집은 노면전차 종점에서 용수로를 따라 북쪽으로 10분쯤 걸어가면 나오는 오래된 주택가에 있었다. 소박한 단층 주택은 현관 앞에도 마당에도 둥근 화분이며 네모난 화분, 스티로폼 상자에 심은 식물이 가득했다. 대부분이 시들어가거나 완전히 시들었거나 둘 중 하나였다. 문패 옆에는 '무대의상 연구소'라고 쓰인 간판이 걸려 있었지만, 식물과 마찬가지로 오랜 세월 방치되어 반쯤 썩은 상태였다.

"고맙습니다."

나는 페페를 마당에 풀어놓고 순순히 의상 담당의 말에 따랐다.

집 안은 어디가 거실이고 어디가 침실인지 알 수 없을 만큼 의상들로 넘쳐 났다. 옷걸이가 빈틈없이 주르르 걸린 이동식 행어가 늘어서 있고, 그 틈새를 메우듯 마네킹들이 서 있었다. 하나같이 나를 외면하는 것처럼 천장을 응시하거나 시선을 바닥으로 떨어뜨리고 있었고, 안구가 없어진 것도 있었다.

"집이 좁아서 미안하네요."

의상 담당은 행어를 헤치며 나를 안으로 안내했다. 레이스 상점에 나타났을 때보다도 더 조그마해 보였다. 어느 마네킹보다도 작았다.

대량의 헝겊에서 나는 어딘지 모르게 뜨뜻미지근한 냄새가 방 안에 가득했고, 유리창으로 드는 빛이 날아다니는 솜보풀을 비추었다. 마당을 내다보는 선룸풍의 공간에 재봉틀이 있는 것을 보고 그제서야 그곳이 작업실이란 것을 알았다.

"여기, 어제 사신 물건이에요."

나는 들고 온 짐을 재봉틀 밑에 놓았다. 그것들은 금세 주위의 의상들과 어우러져 재단 중인 옷감과 시침바늘을 꽂은 옷본과 스타일북과 줄자와 초크와 연필 사이로 숨었다. 우리는 작업대를 테이블 삼아 차를 마시며 잡담을 했다.

"이곳에 혼자 계시나요?"

나는 진녹색이 도는 진한 차를 한 모금 마신 뒤 물었다.

"그래요. 무대의상 연구소 소장이자 유일한 연구원 겸 잡일 담당이죠."

의상 담당이 고개를 끄덕였다.

"레이스 상점은 어떻게 아셨어요?"

"어쩌다 우연히."

그녀는 짤막하게 대답했다.

"난 말이죠, 새 옷감이 편하지 않거든. 그래서 늘 그런 중고 소재를 취급하는 가게를 찾아 헤매고 다녀요."

"레이스가 그만큼 모여 있는 곳은 거기 말고 없어요."

"진짜 그렇던데요. 왜 이제까지 몰랐을까 신기하네요."

햇빛이 재봉틀을 비추고 있었다. 길이 잘 들고 기름칠도 알맞게 한, 듬직해 보이는 재봉틀이었다. 방금 전까지 돌아가고 있었는지 에메랄드그린 명주실이 꿰여 있었다.

"새 옷감은 잘 안 꿰매어지나요?"

나는 물었다.

"내 손에 잡히면 안 꿰매어지는 옷감은 없어요."

의상 담당은 자신만만하게 말했다.

"하지만 내가 바느질하는 건 무대의상이고 양품점에서 팔기 위한 상품이 아니니까요. 무대에 선 사람들이 다들 새 옷을 입고 있으면 이상하지 않겠어요?"

나는 모호하게 고개를 끄덕였다.

"어떤 연극이든 등장인물들은 다들 이 세상 사람이 아니에요. 관객과 다른 시간 속에 있죠. 오로지 무대 위에서만 배우의 몸을 빌려 모습을 드러내고, 막이 내리면 흔적도 없이 사라져요. 그런 인물들이 입는 옷인 거예요, 내가 만들어야 하는 건."

그녀는 바늘꽂이에 꽂힌 무수한 바늘 대가리를 손가락으로 찔렀다. 포동포동하고 보드라운, 옷감에게 아주 다정할 듯한 손이었다. 자세히 보니 무수한 색색의 의상들 가운데 있으면서 그녀가 입은 것은 장식 하나 없이 밋밋한 검정색 통 원피스였다. 오래 입어서 팔꿈치 언저리가 얇아졌고 여기저기에 실오라기가 붙어 있었다.

"잠깐 여기 좀 봐요."

그녀는 내가 가져온 꾸러미에서 기다란 레이스 쪼가리를 꺼내 빛에 비추어보았다.

"훌륭하죠? 아마 칵테일 드레스 가슴에 붙어 있던 레이스일 거예요. 한 땀 한 땀 손으로 떴네요. 그렇게 고급품은 아니지만 홀딱 반할 만큼 공들여 만들었어요."

시키는 대로 레이스의 무늬를 바라보았다.

"어딘지 모르게 기품이 있죠. 야하지 않고, 야단스럽지도 않아요. 고급품은 돈만 내면 얼마든지 만들 수 있지만, 고상함이 느껴지게 하는 건 쉽지 않거든. 역시 이걸 착용하던 사람의 체온 차이예요. 까칠까칠한 살갗이냐, 편안한 온기냐…… 이걸 입던 사람은 분명히 사랑스러운 사람이었을 거예요. 촉감이 그래요."

그녀는 누구인지 모를 그 사람을 진심으로 부러워하는 어조로 말했다. 보드라운 손가락이 비침무늬를 하나하나 어루만졌다.

"역시 그런 옷감이 아니면 좋은 의상을 만들지 못해요. 창작 의욕도 안 생기고. 죽은 사람의 살갗이 느껴지는 소재가 아니면……"

방 안을 다시금 자세히 관찰하니, 종이 쇼핑백들이 벽장을 가득 메우다 못해 열려 있는 문 밖으로 삐져나와 있었다. 아직 몇 벌 더 만들어도 괜찮을 성싶은 낡은 옷감들이 가득 들어 있는 듯했다.

"이거 전부 혼자 만드셨어요?"

나는 주위를 빙 둘러보며 물었다.

"그래요."

의상 담당은 레이스를 개켜 작업대에 놓았다.

"극장에서 일하실 때 만드신 것들인가요?"

"아뇨."

그녀는 차를 한 잔 더 따라주고 고개를 내저었다.

"당시 만들었던 건 전부 타버렸어요, 불났을 때."

"그렇군요……"

"여기 있는 건 죄다 일을 그만두고 나서 만든 것들이에요. 누구한테 부탁받고 만드는 게 아니라 그냥 내가 좋아서 하는 거죠."

"그냥이라고요?"

나도 모르게 되물었다.

"물론 돈이 되는 것도 아니고, 그렇다고 취미라고 할 만큼 간단하지도 않고…… 결국 내가 별난 거죠."

행어에 걸린 의상들은 하나같이 서로 몸을 밀착해 실루엣도 색도 혼연일체를 이루고 있었다. 마네킹은 하나가 된 덩어리 사이사이에 파묻혀 눈에 띄기를 거부하듯 몸을 움츠리고 있었다. 머리카락은 엉키고 귓불은 깨지고 팔다리는 기묘한 각도로 뒤틀려 있었다. 무대의상을 입고도 자랑스러워 보이는 것이 하나도 없었다.

프릴이 겹겹으로 풍성하게 달린 벨벳 드레스가 있는가 하면, 가슴에 커다랗게 휘장을 수놓은 여학생 교복도 있었다. 철사를 엮어 만든 페티코트로 부풀린 옛날 스타일 야회복이 있는가 하면, 여기저기가 땀으로 얼룩진 작업복도 있었다. 군복, 잠수복, 무무, 네글리제, 죄수복, 상복, 두건, 헤어밴드, 티롤리언해트, 목도리, 벙어리장갑, 각반…… 좌우지간 온갖 의상이 있었다 .

"그러니까……"

의상 담당은 창밖으로 시선을 돌리며 말했다.

"여기 있는 것들은 전부 한 번도 누가 입어준 적이 없어요."

그녀의 옆얼굴은 빛 속에 숨어 윤곽이 흐릿했다. 화장기가 없고, 머리는 대충 짧게 쳤고, 입술은 텄다. 이대로 솜보풀 속으로 슥 빨려들 것처럼 연약해 보였다.

"어머나, 저기 개가 있잖아."

그녀는 그제야 알아차린 것처럼 페페를 가리켰다. 페페는 머리를 숙이고 뭔가를 궁리하는 표정으로 킁킁 냄새 맡으며 화분 사이를 돌아다니고 있었다.

"제 개예요."

"개치고 꽤나 얌전하네요."

"네, 낯을 가리는 개거든요."

페페는 의상 담당에게는 눈길도 주지 않고 변함없이 화분 점검에 열중했다.

그 이래로 의상 담당은 두세 달에 한 번꼴로 아케이드에 모습을 드러냈다. 언제나 새카만 원피스를 입고, 불룩한 종이 쇼핑백을 주체하지 못하며 조그만 몸뚱이로 휘청휘청 레이스 상점 문을 열었다. 주인을 놀리고 농담을 하며 큰 소리로 웃은 뒤, 시간을 들여 레이스를 골랐다. 물품은 내가 매번 연구소로 배달했다.

"그럼 부탁해요. 내일 몇 시든 상관없으니까."

마음껏 쇼핑하고 만족한 그녀는 안마당에 있는 내게 신호를 보내고 주인에게 손을 흔든 뒤 아케이드를 뒤로했다. 짐이 없으니 홀가분할 텐데도 걸음걸이는 여전히 불안정했고, 포석에 울리는 힐 소리는 불규칙했다. 나는 조그마한 검은색 뒷모습이 큰길 저편으로 사라지는 것을 안마당에서 지켜보았다.

의상 담당이 가고 나면 다른 어떤 손님에게서도 찾아볼 수 없는 농밀한 여운이 언제까지고 아케이드에 남아 있곤 했다.

쇼핑백이 버석거리는 소리, 웃음소리, 레이스와 손가락이 스치는 기척, 구두 굽 소리, 그런 것들이 전부 하나가 되어 스테인드글라스에 그녀의 잔상을 비추었다. 주인은 그녀의 그림자를 밟지 않으려는 것처럼 평소보다 더 찬찬히 레이스를 정리했다. 그녀가 그렇게 많이 사 갔는데도 가게 선반에 남은 레이스의 양에는 차이가 없어 보였다.

나는 의상 담당의 뒷모습이 멀어진 뒤로도 안마당에서 그녀 생각을 했다. 시든 화분과 수많은 의상들로 둘러싸인 방에서 그녀는 홀로 작업한다. 그녀의 마음속에서만 상연될 연극을 위해 등장인물들이 입을 옷을 짓는다. 내가 배달한 꾸러미에서 레이스 쪼가리 하나를 꺼내 어루만지면, 이루 셀 수 없을 만큼 많은 옷감을 만져온 손가락이 금세 그 속으로 숨어든다. 그녀는 옷감에서 이름도 얼굴도 모르는 누군가의 목소리를 들을 수 있다. 아득히 먼 곳에서 들려오는 희미한 속삭임을 반지 하나 끼지 않은 늙은 손이 건져 올린다. 그녀는 그 소리에 귀를 기울이며 누군지 모를 그 사람을 잠시간 무대에 되살려내기 위한 의상을 생각한다. 이윽고 재봉틀에 실을 꿴다. 소맷부리에, 가슴에, 또는 치맛자락에 레이스를 꿰매 붙인다. 구부정한 등이 재봉틀과 하나로 이어져 구별할 수 없게 된다.

무대의상 한 벌이 완성된다. 빠뜨린 데가 없는지 구석구석 살펴보고, 먼지를 털고, 전체적인 모습을 바라보고 나면 긴 숨을 한 번 내쉬고 행어에 건다. 얼마 남지 않은 공간에 그럭저럭 쑤셔 넣은 의상은 금세 다른 의상들 속에 파묻힌다. 의상 담당은 이런 식으로 죽은 이를 위한 옷을 계속해서 만든다.

화분 냄새 맡는 데 싫증이 난 페페가 색색 자는 게 창 너머로 보였다.

"저도 극장에 간 적이 한 번 있어요. 아버지와 함께."

그새 연구소에 익숙해진 나는 이제 자유롭게 안을 돌아다녔다.

"그래요."

기한이 있는 것도 아니고 공연 첫날이 코앞으로 닥쳐온 것도 아닌데, 의상 담당은 작업실에서 의상 제작에 몰두하고 있었다.

"뮤지컬이었어요. 아마 마테를링크의 〈파랑새〉였을 거예요."

"아아, 그래, 아주 잘 기억해요. 의상 대부분을 내가 지었지."

재봉 가위로 옷감을 자르는 시원스러운 삭삭 소리가 그녀의 목소리와 함께 들려왔다.

"틸틸의 신발이 참 귀엽고 따뜻해 보였어요."

"박제 상점에서 입수한 새끼 사슴 모피로 만들었거든."

"불의 요정이 입은 망토도 잊히지 않고요."

"당신 제법 볼 줄 아네. 그건 일부러 숲까지 가서 솔개 깃털을 주워다 붉게 물들여 꿰매 붙인 거예요."

"뚱뚱한 행복의 요정이 입은 그 기분 나쁜 의상은요?"

"역시 기분 나쁘던가요? 빵빵하게 부푼 창자로 만든 소시지 같은 의상이었으니 말이죠."

재봉틀이 달그락달그락하더니 조용해졌다가 다시 움직이기 시작했다. 의상들 틈으로 구부정한 등이 보였다. 돋보기안경을 내리고 정확한 위치에 바늘을 꽂으려 집중하는 것을 알수 있었다.

집 안에는 무대의상과 의상을 만드는 데 필요한 물건 외에 아무것도 없었다. 세면대의 헌 칫솔, 가스레인지 위에 얹힌 알루미늄 편수 냄비, 냉장고에 자석으로 붙어 있는 세금 독촉장…… 눈에 띄는 물건은 그 정도뿐, 침대도 텔레비전도 옷가지로 뒤덮여 있었다.

나는 이따금 무대의상을 집어 몸에 대어보았다. 배우가 된 기분으로 포즈를 취해보기도 했다. 하나같이 세세한 부분까지 공들여 만들어져 있었다. 하지만 아무리 몸에 딱 갖다 대어도, 그게 주인을 잃은 빈 껍데기라는 사실에는 변함이 없었다.

그러다 문득 작업실 구석 커튼 뒤에 마네킹 하나가 숨어 있는 것을 발견했다.

"어?"

나도 모르게 나지막이 중얼거렸다. 왜 지금까지 알아차리지 못했는지 이상할 만큼, 그 마네킹이 입은 의상은 다른 의상들과 분위기가 달랐다.

"내가 만든 의상은 전부 다 기억해요. 어떤 연극에서 어떤 등장인물이 입었는지, 한 벌도 빠짐없이."

그녀는 내 목소리를 못 들었는지 재봉틀을 돌리며 이야기를 계속했다. 재봉틀은 매끄럽고 경쾌하게 달그락거렸다.

"관객은 의상이 참 훌륭하다고 생각하더라도 만든 사람이 누군지는 신경 쓰지 않아요. 그렇죠?"

나는 마네킹에서 시선을 떼지 않은 채 '네'인지 '아니요'인지 알 수 없는 대답을 했다.

"하지만 그게 좋아요. 무대 위 인물이 입은 의상은 관객의 손이 닿지 않는 세계의 누군가가 만든 거여야 하죠. 아니면 진짜가 아니에요."

마네킹이 입은 것은 속옷이었다. 레이스를 듬뿍 사용한 실크 슬립이었다.

"그런데 손이 안 닿으니까 손에 넣고 싶다고 우기는 손님이 가끔 나타나거든. 그게 참 곤란해요."

슬립은 사이즈가 작아 마네킹의 두 다리가 밖으로 요염하게 드러나 있었다. 하지만 내 시선을 붙든 것은 가장자리를 장식하는 레이스였다. 겨드랑이 부근이 반쯤 찢어져 있었다.

"매일 밤 분장실 입구에서 좋아하는 여배우를 기다리던 남자가 있었어요."

어느새 재봉틀 소리가 그쳤다. 의상 담당은 바늘을 들고 실을 매듭지으려 하고 있었다. 슬립의 레이스는 가위로 잘라내거나 실을 풀어낸 게 아니라 억지로 잡아 뜯은 게 분명했다. 끄트머리가 난잡하게 찢어진 데다 실오라기가 삐져나온 참혹한 상태라는 게 그 증거였다.

"마르고 키가 큰, 눈빛이 주뼛거리는 사내였어요. 본인은 약사라고 했는데, 글쎄요, 과연 사실일지. 늘 사이즈가 너무 큰 양복을 입고 바지를 질질 끌며 다녔죠. 비 오는 날도, 바람

부는 날도 분장실 입구에서 꼼짝 않고 기다렸어요. 장미 한 송이를 들고."

오랜 세월 그곳에 있었기 때문인지, 슬립은 볕에 누렇게 바 랬고 실크의 광택이 사라졌으며 어깨끈의 버클은 녹슬었다. 하지만 무엇보다도 잃어버린 레이스 탓에 조화를 잃고 어쩔 줄 몰라 하며 망연히 서 있는 듯 보였다.

"그렇지만 패기가 없는 사람이라 좋아하는 여배우가 눈앞 을 지나가도 장미 한 송이 못 건넸어요. 눈을 내리깔고 우물 쭈물하기만 하고. 의상 담당이 공연 끝나고 올이 풀리거나 뜯 긴 의상들을 수선해서 다림질하고 극장을 나설 즈음이면 벌 써 자정도 지난 시간이거든. 그런데도 그 사람은 달빛 아래 서 있었어요."

그녀는 이야기를 계속하면서도 손을 멈추지 않았다. 아케 이드에서 산 레이스 하나를 펼쳐놓고 주름을 펴 앞면과 뒷면 을 확인한 뒤, 시침바늘로 고정했다.

"그래선 나한테 장미를 주는 거예요. 여배우한테 선물을 못 했으니, 최소한 의상 담당한테라도 주자 생각한 거겠죠. 장미 는 바람을 하도 맞아서 시들시들했어요."

마네킹은 여전히 레이스가 뜯어진 슬립을 입고 나와는 결코 시선이 마주치지 않을 방향으로 눈을 내리깔고 있었다. 시선이 향한 곳을 보니 어느새 화분 탐색을 중단한 페페가 유리창 너머로 의상 담당을 응시하고 있었다. 페페도 그녀의 이야기를 귀 기울여 듣고 있었다.

"매일 밤 난 시든 장미를 선물 받았어요. 남자는 내 손을 잡았어요. 겉으로 보는 것하고 달리 따스한 손이었어요. 바늘을 놀리느라 피로한 손을 쉬게 하기에 딱 알맞은 크기와 온기였어요. 물론 나도 알고 있었어요. 남자는 그저 이게 바로 여배우의 살갗에 닿은 의상을 지은 손이라고 생각해서 넋을 잃고 있는 것뿐이란 걸."

그녀는 레이스를 무대의상 밑자락에 꿰맸다. 보드라운 손가락에 파묻힌 바늘이 비침무늬를 하나하나 떠서 실을 꿰었다. 레이스를 빠져나가는 실의 기척이 어렴풋이 느껴졌다. 이제는 마치 내가 아니라 레이스에게 이야기하는 듯했다.

"한번은 남자가 부탁하더군요. 여배우의 의상 쪼가리를 몰래 가져다 달라고. 남자의 눈은 역시 주뼛거리고 있었어요. 난 장미를 든 채 고개를 들지 않고 그저 남자의 발치만 보고 있었어요. 아아, 나 같으면 이 바지 밑자락을 잘 고쳐줄 수 있을 텐데, 하고 속으로 생각했어요."

나는 마네킹과 의상 담당의 뒷모습을 번갈아 보았다.

"치마 안감, 어깨 패드, 떨어진 단추, 주머니의 먼지, 땀이 밴 스타킹, 립스틱이 묻은 손수건…… 원하기만 하면 뭐든 다 빼돌릴 수 있어요. 어쨌거나 난 의상 담당이니까."

레이스는 도망칠 길 없이 조금씩 꿰매 붙여졌다.

"다음 날 난 내 속옷에서 레이스를 뜯어 남자한테 줬어요. 여배우가 입었던 레이스라고 거짓말한 거예요. 언젠가 남자하고 같이 하룻밤을 보낼 때가 오면 입으려고 소중히 보관해 놨던 속옷이었죠. 남자는 거기에 볼을 비비고 여배우의 냄새를 맡으려고 했어요. 그리고 그 뒤로 두 번 다시 분장실 입구에 나타나지 않았어요. 그때 속옷이 저거예요."

그녀가 별안간 몸을 돌려 바늘로 커튼 뒤의 마네킹을 가리켰다. 마네킹은 시선을 더욱 깊이 떨어뜨렸고, 페페가 그것을 지켜보았다.

"그다음에 남자 소식을 안 건 신문에서였어요. 여배우를 칼로 찔러 부상을 입힌 거예요. 아무도 관심을 갖지 않는 몇 줄짜리 토막 기사였어요."

의상 담당은 작업으로 돌아갔다. 페페가 가볍게 하품했다.

재봉틀에 몸을 기대고 숨을 거둔 의상 담당을 발견한 것은 여느 때처럼 레이스를 배달하러 연구소에 갔을 때였다. 재봉틀을 끌어안은 듯한 자세였다. 바느질 중이던 무대의상이 바늘이 꽂힌 채 작업대에 남아 있었다.

그때 나는 내게 맡겨진 가장 큰 역할을 충실히 수행했다. 아케이드로 슬립을 가져온 것이다. 마네킹에서 벗겨낸 슬립은 흠칫할 만큼 가벼웠고, 개켰더니 손 안에 쥐어질 만큼 조그만 덩어리가 되었다.

레이스 상점 주인은 실 끊는 가위로 슬립에서 레이스를 잘 잘라냈다. 나와 페페는 가스난로에서 불을 쬐며 작업을 구경했다. 주인도 나도 아무 말도 하지 않았지만, 가위를 놀리는 손놀림에서 그가 의상 담당의 죽음을 깊이 애도하는 것을 알 수 있었다. 주인은 진열 선반 구석에 살며시 레이스를 놓았다. 그것을 필요로 하는 손님이 올 때까지, 우리는 언제까지고 기다렸다.

백과사전 소녀

내가 '지어낸 이야기'를 좋아하는 데 비해 R가 바라는 것은
'진짜 이야기'였다. 취미가 다른 덕에 책을 놓고 싸울 필요가 없었다.
그중에서도 R가 가장 사랑하는 게 백과사전이었다. 백과사전에 재미없는 부분은
단 한 페이지도 존재하지 않는다는 게 그 애 생각이었다.

아케이드에 오는 손님들 중 그곳에서 가장 오랜 시간을 보낸 사람은 내가 몰래 '신사 아저씨'라는 별명을 붙인 남자였다. 훤칠한 키에 양복이 잘 어울리고, 온화한 태도에 눈매가 이지적인 그는 어린 내가 생각하는 신사의 분위기를 모조리 겸비하고 있었다. 참고로 내 신사 이미지 형성에 다대한 영향을 미친 것은 고아 주디를 뒤에서 후원하던 부유한 키다리 아저씨다.

신사 아저씨는 언제나 아케이드 안으로 끝까지 들어와 안마당 서쪽 모퉁이에 있는 독서 휴게실로 찾아왔다. 쇼핑하다가 지친 손님이 잠시 휴식을 취하거나 아이들이 같이 온 부모

님을 기다리는 동안 시간을 때우는 곳인데, 책 약 100권과 보온병에 든 핫 레모네이드를 준비해놓고 아케이드에서 물건을 산 영수증을 보여주면 누구든 마음껏 이용할 수 있게 했다.

아이디어를 낸 사람은 아버지였다. 별 쓰임새가 없었던 사무소 겸 창고 겸 주택의 1층 창고 부분을 고쳐, 책꽂이를 만들고 딸의 그림책을 꽂아놓는 것에서 시작해 조금씩 책을 늘려나갔다. 내가 열한 살 때 이야기다.

독서 휴게실이 있는 아케이드. 아버지는 자신의 발상에 만족했다. 물론 나도 무척 기뻐했다. 상자가 난잡하게 쌓인 어둑어둑한 창고보다 책이 있는 작은 방이 훨씬 세련되고 또 편안했다. 게다가 2층에 살고 있던 내게는 내 책꽂이가 더 알차진 것이나 다름없었다.

아버지는 생일과 크리스마스에 늘 책을 선물해주었다. 『소공녀』, 『닐스의 이상한 모험』, 『태양의 전사』, 『그림 동화 선집』, 『파랑새』, 그리고 『키다리 아저씨』. 나는 리본을 풀면 바로 책을 독서 휴게실 책꽂이에 꽂았다. 새 책을 한 권 한 권 슥 밀어 넣는 느낌이 좋았다. 책을 읽을 때 못지않게 가슴이 설⊠다. 책 한 권 두께만큼 내 세계가 넓어진 것 같아서 누구에게랄 것 없이 자랑하고 싶은 기분이 들었다.

아버지는 내가 독서 휴게실에 있으면 안심했다. 아이는 책을 읽고 있으면 안전하다는 굳은 신념을 지니고 있었다. 단둘뿐인 생활에서 어린 딸의 안전을 어떻게 지킬 것인가는 아버지에게 중요한 문제였다. 책장을 넘기는 동안 어린애는 쫄랑쫄랑 돌아다니지 않고 한 자리에 앉아 있다. 따라서 길을 잃는다든지, 차에 치인다든지, 친구와 싸우고 운다든지, 하도 울어 경기를 일으킨다든지 할 염려가 없다. 얄팍한 페이지에 숨어 있는 등장인물들, 세라와 닐스와 틸틸만큼 내 아이를 제 자식처럼 지켜줄 사람은 없다. 아버지는 그렇게 믿었다.

아버지가 일하는 동안(나는 상가 소유주 겸 관리인이 어떤 일을 하는지 알지 못했거니와, 상점 주인들과 비교하면 아버지가 일하는 것처럼 보이지는 않았지만) 나는 독서 휴게실에 있었다. 등받이에 튤립을 그린 염화비닐 의자에 앉아 열심히 책을 읽으며 시간을 보냈다. 노면전차가 지나가면서 유리문이 덜컹거려도, 영수증을 가진 손님이 들어와도 신경 쓰지 않았다. 그래도 가끔씩 얼굴을 들고 아버지를 찾아보곤 했다. 아버지는 안마당 테이블에 서류를 펴놓고 심각한 표정을 짓고 있거나, 어느 상점 앞에서 주인과 담소하고 있거나 했다. 그 모습을 확인하면 나는 책의 세계로 돌아갔다.

R는 영수증 없이도 독서 휴게실에 드나들 수 있는 유일한 손님이었다. 엄밀히 말하면 영수증이 없으니 손님이 아닌데, 그 애는 그런 사소한 문제를 신경 쓰지 않게 하는 묘하게 뻔뻔스러운 면이 있었다. 그 애가 어린이용 비닐 의자에 앉아 있는 것을 봐도 주의를 기울이는 사람은 아케이드에 아무도 없었다. 당연하다는 표정으로 대담하게 거기 앉아 있었다.

　그렇지만 우리는 결코 친구가 아니었다. 그 애는 학교 교실에서 말이 없었다. 까까 떠들며 장난친다든지, 다른 여자애와 손잡고 복도를 걷는다든지, 교환 일기를 쓰는 것은 좋아하지 않는 듯했다. 늘 당당하게 외톨이로 있었다. 우리가 소풍에 가져갈 과자나 머리를 땋아 묶는 컬러 고무줄 때문에 고민하는 동안, R만은 혼자 다른 애들은 누구도 생각이 미치지 못할 일, 예컨대 이구아노돈의 엄지발가락 형태에 관해, 또는 공기압축기의 구조에 관해 생각하는 듯했다.

　"넌 왜 맨날 지어낸 이야기만 읽어?"

　그렇기에 독서 휴게실에서 R가 말을 걸었을 때 놀라 잘 대답하지 못했다.

　"왜라니……"

　그 애는 내 당혹한 표정에도 아랑곳하지 않고 『키다리 아저씨』 표지를 얼핏 보더니 말했다.

"어차피 죄 해피엔드잖아? 키다리 아저씨는 젊고 잘생겼고 돈도 많고, 그런 데다 주인공 여자애한테 청혼한다고."

"어……"

R는 대답할 틈을 주지 않고 말을 이었다.

"이쪽 여자애는 선생님이 학대해도 군세게 견디다가 결국에는 다이아몬드 왕의 유산을 왕창 물려받고, 이쪽 남자애는 대책 없는 장난꾸러기라 몸이 조그맣게 줄어들지만 그 덕분에 거위를 타고 여행하면서 어느새 똑똑한 소년이 돼. 그리고 이쪽은……"

"안 돼. 그 이상은 말하지 마. 아직 안 읽었단 말이야."

내가 황급히 가로막자 그제야 "흠" 하며 입을 다물었다.

방과 후, R는 집 열쇠와 손수건과 휴지를 넣은 손가방을 들고 매일같이 아케이드로 왔다. 손가방에는 그 애의 옆얼굴과 비슷한 소녀가 아플리케되어 있었다. 독서 휴게실에서 그 애는 학교에서와는 딴판으로 수다쟁이에 참견쟁이에 생기가 넘쳤다. 이곳에 다다라 겨우 자신이 들이쉴 공기를 발견하고 한껏 호흡하는 듯 보였다. 의자 등받이에 손가방을 걸어놓고 양손이 자유로워지는 동시에 그 애의 마음도 해방되는 것이었다.

아버지가 폐자재로 만든 원형 테이블을 사이에 두고 나는 튤립, R는 해바라기 그림 의자에 앉아 날이 저물 때까지 함께 시간을 보냈다. 간식을 같이 나눠 먹고 목이 마르면 핫 레모네이드를 마셔 결국 속 쓰림에 시달리는 게 일과였다. 책을 어느 정도 읽고 나면, 등장인물의 성격을 놓고 토론한다든지 이야기 전개를 비판한다든지 다음에 읽을 책에 대한 조언을 주고받았다. 뜻밖에도 R는 내가 읽는 책을 이미 전부 독파했을 뿐 아니라, 그 어떤 장면도 방금 읽었나 싶을 만큼 선명하게 기억했다. 그리고 대체로 내가 황홀함을 느끼는 이야기를 가차 없이 비판했다.

"편의적이야." "들쩍지근해." "경박해." "의욕이 과해."

R는 어려운 말을 많이 알고 있었다. 나는 "편의적이란 게 뭐야?" 하고 물어야 했다.

친하게 말을 나누게 된 뒤로도 학교에서는 서로 모르는 척했다. 눈짓조차 주고받지 않았다. 독서 휴게실에서 보내는 시간을 비밀로 하자는 양해가 우리 둘 사이에 암암리에 이루어져 있었다. 학교에서 한 번이라도 그 이야기를 꺼내면 독서 휴게실에 두 번 다시 들어갈 수 없다. 우리 둘 다 그렇게 굳게 믿고 있었다.

내가 '지어낸 이야기'를 좋아하는 데 비해 R가 바라는 것은 '진짜 이야기'였다. 취미가 다른 덕에 책을 놓고 싸울 필요가 없었다. 그중에서도 R가 가장 사랑하는 게 백과사전이었다.

아버지가 전에 아케이드에 나타난 세일즈맨에게 산 10권짜리 컬러 호화 장정 전집인데, 어린애 혼자서는 책꽂이에서 꺼낼 수도 없을 만큼 무거웠다. 값이 무척 비쌌지만, 백과사전을 짊어지고 돌아다니느라 지칠 대로 지쳐 나약해진 세일즈맨을 아버지가 딱하게 여겨 무리해서 할부로 구입했다.

R는 제1권 〔아이우ぁぃぅ〕 첫 페이지에서 시작해 제2권 〔에오카え ぉか〕, 제3권 〔키쿠케きくけ〕로 이어가며 차례대로 읽었다. 기분 내키는 대로 순서를 바꾼다든지, 재미없는 부분은 읽지 않고 그냥 넘어가는 일은 결코 하지 않았다. 착실하게, 끈기 있게 한 장씩 책장을 넘겼다. 백과사전에 재미없는 부분은 단 한 페이지도 존재하지 않는다는 게 그 애 생각이었다.

백과사전은 원형 테이블의 절반 가까이 자리를 차지했다. 독서에 열중하면 R의 엉덩이는 조금씩 들려 올라가, 그 때문에 등받이에 걸어놓은 손가방이 흘러내려 떨어졌다. 이윽고 한쪽 무릎이 의자 위로 올라가고 상반신이 앞으로 기울어 백과사전을 품는 듯한 자세로 변했다. 다리가 자꾸자꾸 벌어져

팬티가 보일 지경이 되어도 R는 신경 쓰지 않았다. 나는 그 애에게 방해가 되지 않게 테이블 구석에서 얌전히 『비밀의 화원』이며 『행복한 왕자』, 『곰돌이 푸』를 읽었다.

　나는 솔직히 아제르바이잔 공화국의 자원이며 액체질소의 용도, 중산모와 실크해트의 차이, 로마네스크 양식의 특징, 학교 전염병의 분류에 관해 읽어서 뭐가 재미있다는 것인지 알 수가 없었다. 무엇이 그 애를 그렇게까지 빠져들게 하는지 짐작도 되지 않았다. 아닌 게 아니라 중간중간 삽입되는 사진과 삽화 중에 흥미로운 게 없지는 않았지만(예컨대 로마노프 왕조의 니콜라이 2세는 근사한 미남이었고, 정소精巢의 해부도는 비밀스러워 보여 가슴이 두근거렸다), 그 밖에는 초등학생 여자애에게 쓸모없는 항목들이 많았다.

　무슨 생각으로 그랬을까. 독서 휴게실에서 보내는 시간에 변화를 주기 위해서였는지, 그냥 변덕이었는지 R는 백과사전을 소리 내어 읽을 때가 가끔 있었다. 읽어주는 상대는 내가 아니라 당시 아직 새끼였던 페페였다. 그 애는 개에게 백과사전을 읽어주려면 무슨 방법이 제일 좋은지 잘 알고 있었다. 페페가 혹시 다른 개보다 다소 영리하다면 R 덕분일지도 모른다.

"아피아 가도. 로마에서 남이탈리아까지 540킬로미터에 이르는 고대 로마의 간선도로. 기원전 312년 로마 감찰관 아피우스가 건설한 데에서 이름을 따 왔다. 주로 군용도로로 사용되었으나, 그리스와의 교역로로서도 중요한 역할을 다했다. 가도를 따라 사적이 많다. 도로 포장 중 일부가 남아 있어 현재도 사용된다."

페페는 R의 다리 사이에서 바닥에 배를 딱 붙이고 기분 좋게 눈 감고 누워 있었지만, 귀만은 늠름하게 쫑긋 세우고 있었다. 그 항목에 특색을 부여하는 특별한 숫자나 에피소드가 나오면 귀 끝이 옴찔 움직였다. 페페는 강의를 열심히 듣고 있었다.

나는 R의 목소리가 좋았다. 가랑비처럼 고요하고 차분한 R의 목소리는 노면전차 소리에도, 상점 주인들의 "어서 오세요" 소리에도 방해받지 않고 아케이드 안을 찰랑찰랑 채웠다. 아득히 먼 길을 오는 아피아 가도를 정성껏 위로해주고, 쓸데없는 것은 하나도 더하지 않은 채 있는 모습 그대로 인도한다. 나는 어느새 내가 읽던 책을 덮고 그 애 목소리를 귀 기울여 듣고 있다. 페페의 귀는 한층 더 집중해 솜털이 난 안쪽 피부가 어렴풋이 발개진다. R의 목소리에 싸여 우리는 아피아

가도를 한없이 걸어간다. 단단한 포석은 허옇게 닳았고, 마차 바큇자국이 패어 있다. 주위에 올리브 나무 숲이 이어지고, 나무들 사이로 무너져가는 석조 요새며 축사, 수도교가 보인다. 이따금 바람이 R의 손가방과 내 머리카락을 흔들고 지나간다. 페페는 한시도 가만있지 못하고 뛰어다니며 우리를 앞질렀다가 돌아보고, 돌아왔다가 또 앞질러 달려간다. 하늘은 믿기지 않을 만큼 푸르다. 처음 보는 하늘일 텐데 어째선지 오래전부터 알고 있다는 느낌이 들었다. 가도는 저 멀리까지 이어진다.

"얼른 다 읽고 싶다."

R는 진심으로 그렇게 바라는 듯했다.

"갈 길이 아직 먼데."

나는 책꽂이에 묵직하게 늘어선 백과사전 책등들을 내려다보았다. R는 이제 겨우 제4권에 접어든 참이었다.

"얘, 이거 봐. 제5권은 〔시ㄴ〕야. '시' 한 글자만으로 한 권이야. 굉장하지?"

"응."

나는 뭐가 굉장한지도 잘 모르면서 모호하게 대답했다.

"세상엔 '시'로 시작되는 게 제일 많아. '시'가 세계의 많은 부분을 짚어지고 있어. 이 갈고리처럼 생긴 연약해 보이는 글자가 실은 뒤에서 열심히 애쓰고 있는 거야. 아닙니다, 저는 별로 하는 일도 없는데요, 하는 표정을 짓고."

R는 노고를 위로하듯 제5권 책등에 쓰인 '시'를 어루만졌다.

"그렇다고 다른 글자들을 허투루 여기는 건 아니야. 제10권, 영광스러운 마지막 권. 〔무메모야유요라리루레로와응む め も や ゆ よ ら り る れ ろ わ ん〕. '무'에서 '응'까지 전부 열세 글자야. 열세 글자가 사이좋게 손잡고 백과사전 역할의 10분의 1을 맡고 있어. 난 그게 '시'랑 비교해서 못하다는 생각은 전혀 안 해."

응, 맞아, 진짜 그래. 나는 고개를 끄덕였다. 페페도 꼬리로 바닥을 삭 쓸어 동의를 표했다.

"아아, 마지막 '응' 부분은 어떻게 돼 있을까?"

R는 유리문 너머, 아케이드의 모조 스테인드글라스를 뚫고 나가 아피아 가도도 지난 어딘가 더 먼 곳을 응시하며 말했다. 그곳을 계속 쳐다보다 보면 마지막 '응'이 지탱하는 세계의 편린이 떠오를 것이라는 양. 나와 페페는 그 애에게 방해가 되지 않도록 얌전히 있었다.

그러나 R는 백과사전 제10권의 〔웅〕페이지를 펴지 못했다. 까다로운 내장 질환이 생겨 눈 깜짝할 새 죽고 말았다.

독서 휴게실에 남겨진 해바라기 의자에는 R의 무게가 우묵하게 팬 자국으로 남아 있었다. 나는 그 애의 체온이 남아 있지 않나 확인하려고 가끔 그곳에 손을 대어보곤 했다. 해바라기는 언제까지고 싸늘했다. 반면 책꽂이 안에서 열 권이 어깨를 맞대고 있던 백과사전에는 절대로 손대지 않았다. 이상하게 독서 휴게실을 찾는 손님들도 누구 하나 백과사전을 펴보려 하지 않았다. 그곳에 그게 꽂혀 있다는 것조차 모르는 듯보였다. 백과사전은 오로지 R 한 사람만을 위한 책이었다.

신사 아저씨가 처음 아케이드에 모습을 나타낸 것은 R가죽고 반년쯤 지났을 때였다. R의 아버지라는 것을 바로 알아보았다. 눈에 익은 손가방을 들고 있었거니와, 독서 휴게실에 들어오자마자 여러 책 중에서 주저 없이 백과사전을 골랐기 때문이다.

신사 아저씨는 저물녘 퇴근길이나 휴일 오후에 오곤 했다. 손가방도 꼭 들고 왔다. 아저씨는 손가방을 해바라기 의자 등받이에 걸어놓고, 너무 작은 의자에 앉아 제1권부터 차례대로 백과사전을 펴보았다. 몰래 엿봤던 게 아닐까 싶을 만큼, R가

하던 방식과 똑같았다.

"드세요."

나는 보온병에서 핫 레모네이드를 따라 원형 테이블에 놓았다.

"고맙다."

신사 아저씨가 말했다. 레모네이드를 마음대로 마시지 않는 것과 아케이드 영수증을 들고 오는 것만은 R와 달랐다.

"꼭 뭘 사시지 않아도 되는데요. 그렇게 엄격한 규칙은 아니에요. 영수증 없이 편하게 오셔도 돼요."

나는 말했다. R도 그랬다는 말은 속으로 삼켰다.

"무리하는 게 아니니까 마음 쓸 것 없어요."

신사 아저씨가 대답했다. 목소리가 R와 비슷했다.

아저씨는 매번 아케이드에서 소소하게 뭔가를 샀다. 아케이드에는 원래 거창한 상품을 취급하는 상점이 얼마 없었지만, 그중에서도 특히 조그만 물건을 골랐다. 그림엽서 한 장, 브로치 하나, 석영 한 조각, 나사 한 개. 하나같이 손가방에 들어가는 사이즈였다. 독서 휴게실에 오기 위해 사는 상품이 늘어나면서 가방은 차츰 부풀었다.

아저씨는 단순히 백과사전을 읽는 게 아니었다. 제1권의

'아'에서 시작해 한 페이지씩 차례대로, 한 자도 빠짐없이 모조리 대학 노트에 연필로 베꼈다.

어째서 그런 일을 하느냐고 아버지에게 물은 적이 있었다.

"글쎄, 이유가 뭘까."

아버지는 모호한 어조로 말했다. 하지만 그 속에는 영문을 모르겠다는 뉘앙스가 아니라 쓸데없이 참견하지 않고 지켜보고 싶다는 조용한 이해가 깃들어 있었다.

"그때 백과사전을 사두길 참 잘했어."

아버지가 중얼거렸다.

작업은 끝이 없었다. 하루에 몇 시간씩 날이면 날마다 백과사전을 베낀다. 조그만 의자에 억지로 몸을 욱여넣고, 구부정한 자세로 글자 하나 틀리지 않도록 숨죽이며 주의한다. 그곳에서는 동물이 뛰어다니고, 역사상의 위인이 칭송받고, 행성이 깜박이고, 공업 기계가 분해된다. 한 페이지에 갓파와 카파도키아와 활판 인쇄가 사이좋게 나란히 늘어서 있고, 야자집게와 야지로베에 인형과 야스퍼스가 서로서로 노려보고 있다. 물론 아피아 가도도 똑바르게 뻗어나간다.

대학 노트가 한 권 한 권 글자로 메워지고, 연필은 몽땅하게 줄어들었다. 등이 쑤시고, 공책은 땀으로 축축하고, 눈도 가물거리지만 신사 아저씨는 포기하지 않았다. 이유도 생각하지 않고, 괜히 무리하지도 않는다. 이 세상을 형성하는 것들을 하나하나 손에 들고 찬찬히 바라보며 감촉을 확인한 뒤 있던 곳에 되돌려놓는다. 그 일을 한없이 반복한다. 과거에 딸이 탐색했던 길을 따라가며 희미한 자취라도 남아 있지 않은지 자세히 살펴보고, 그 애가 그렇게 바랐어도 도달하지 못했던 길을 대신 밟는다.

나는 핫 레모네이드를 따라준 뒤, 신사 아저씨에게 방해가 되지 않도록 안마당에서 독서 휴게실을 지켜보았다. 하지만 페페만은 달랐다. 페페는 아무리 가까이 있어도 전혀 문제없었다. R에게 그랬듯이 아저씨 발치에 누워, 이따금 꼬리로 바닥을 쓸며 연필 소리에 귀를 기울였다.

신사 아저씨의 옆얼굴은 천장에서 비추는 작은 불빛에 싸여 있었다. 오른손은 쉴 새 없이 움직이고, 시선은 백과사전과 공책 사이를 규칙적으로 오가고, 왼손은 살며시 책장을 넘긴다. 어느새 아저씨의 몸이 의자에 맞춰 줄어든 것처럼 보인다. 이윽고 아저씨의 윤곽이 R의 잔상과 겹치면서 두 사람은 누가 누군지 구분할 수 없는 하나의 그림자가 되어 백과사전을 여행한다. 아피아 가도를 함께 걸어간다.

신사 아저씨의 방문은 그 뒤 몇 년이고 이어졌다. 끝이 영원히 오지 않는 게 아닐까 싶을 때도 종종 있었다. 그게 불안하기도 한 한편, 방문이 영원히 계속되기를 바라는 마음도 있었다. 하지만 내 심정이 어떻건 백과사전은 차근차근 한 장씩 넘어갔다. 〔소そ〕, 〔타た〕가 어느새 〔치ち〕, 〔쓰つ〕로 넘어가고, 어느 날 갑자기 제6권이 제7권으로 넘어갔다.

불이 났을 때 걱정이 되어 다음 날 아침 맨 먼저 아케이드에 온 사람이 신사 아저씨였다.

"괜찮아요."

그를 보고 나는 우선 그 말부터 했다.

"백과사전은 무사해요."

신사 아저씨는 천장의 스테인드글라스 파편이 주위를 뒤덮고 있는 동안에도 독서 휴게실 다니기를 중단하지 않았다. 상점 주인들은 아버지가 돌아가신 뒤로도 유언을 지키듯 잠자코 그를 지켜보았다.

백과사전의 진척과 비례해 손가방 속 내용물이 알차졌다. 소녀의 아플리케는 색이 바래고 군데군데 올이 풀렸다. 외국의 명함, 압화, 호박琥珀, 꼬마전구, 골무. 마치 아케이드에 흩어져 있는 세계의 편린들을 모아 손가방 속에 백과사전을 또 하나 만들려는 것 같았다. 의상 담당의 레이스도 신사 아저씨가 샀다. 그 레이스 쪼가리도 세계를 형성하는 일부가 되었다.

예상은 했지만 그때는 아무런 조짐도 없이 찾아왔다. 신사 아저씨는 제1권의 첫 페이지 첫 글자에서 시작했을 때와 똑같이, 제10권 마지막 페이지 마지막 항목을 베꼈다. R가 그렇게 고대했던 '응'이었다.

정말로 끝났다는 게 믿기지 않아 우두커니 선 나와는 달리 신사 아저씨는 평소와 조금도 변함이 없었다. 떨리는 손을 부르쥐지도 오열하지도 않고, 그저 연필을 놓고 지우개 가루를 털고 남은 핫 레모네이드를 마저 마셨을 뿐이다. 그러고는 백과사전 제10권을 덮고 표지를 어루만진 다음 두 손으로 들어 책꽂이에 꽂았다. 그것으로 끝이었다.

나와 페페와 상점 주인들은 아케이드에서 멀어져가는 신사 아저씨의 뒷모습을 지켜보았다. R가 있는 세계를 담은 손가방이 손에서 달랑거리고 있었다. 신사 아저씨는 그 뒤 두 번 다시 모습을 보이지 않았다.

'응고마 : 남아프리카 공화국 북동부에 있는 트란스발의 민속 악기. 이 지방에 사는 벤다 족이 쓰는 큰북으로, 나무로 만

든 단지 모양 몸통 윗면에 가죽을 씌웠다. 땅에 놓고 채 한 개
로 가죽을 때려 소리를 내며, 연주자는 대개 여성이다. 합주
시에는 미룸바라 불리는 고음용 북과 함께 연주한다'

토끼 부인

"래빗의 눈이 얼마나 멋진지 사진 같은 걸로 알 수 있을 리 없잖아요.
그 애의 전부, 총명함도, 자유분방함도,
솔직함도, 명랑함도 모두 그 속에 담겨 있어서,
무슨 색이라고 말로 표현할 수 없는 결정結晶을 이루는걸요."

저물녘 석양빛 비칠 즈음이 되면, 천장의 모조 스테인드글라스를 통과한 빛이 포석에 다양한 색채의 무늬를 그린다. 동그라미라고도, 타원이라고도, 마름모꼴이라고도 할 수 없는 흐릿한 윤곽이 여기저기서 포개져 빛 웅덩이를 이룬다. 그것들은 바람 한 점 없는 날에도 부끄러워하듯, 또는 속삭이듯 어렴풋이 떨리고 있다. 나는 그런 웅덩이에 흰 운동화 신은 발을 담그고 노는 것을 좋아했다. R가 죽은 뒤 가까스로 찾은 새로운 즐거움이었다.

스테인드글라스는 빨강과 노랑, 보라가 뚜렷이 나뉘건만, 포석까지 오는 사이에 색이 엷어지고 서로 사이좋게 다가서서 아무 색도 아니게 되었다. 살며시 발을 놓으면 오래 신어 너덜너덜해진 운동화의 고무가 투명한 빛으로 물들어, 어쩐지 내 신발 같지 않았다.

발부리가 황록색이 되는가 싶으면 금세 연분홍색이 되고, 발등은 아마색에서 달걀색으로 옮겨가고, 뒤꿈치는 그사이 진줏빛으로 물든다. 나는 발을 내밀었다가 당겼다가 한다. 새로운 색이 나타나는 순간을 놓칠까 봐 눈을 깜박이고 싶은 것도 참고 열심히 본다. 아버지가 유성 매직으로 이름을 써준 발등 한가운데, 고무가 한층 더 느슨해져 쿨렁쿨렁한 세모꼴 부분마저도 빛 속에서는 매력적인 무늬로 보인다. 오직 발과 신발만이 내 손이 닿지 않는 세계로 경계를 넘어간 것 같아서 기쁘다. 옆에서는 강아지 페페가 나를 방해하지 않을 절묘한 위치에 누워 있다.

"경계 너머로 가보자."

나는 웅덩이를 깡충 건너뛴다. 빛은 쉽사리 나를 통과한다.

"저녁 먹어라."

독서 휴게실 2층에서 아버지가 부르는 소리가 들린다. 밥이라는 말에 페페의 귀가 꿈틀한다. 얼른 집에 가렴. 숙제는 다 했어? 내일 또 놀자꾸나. 상점 입구에서 주인들이 얼굴을

60

내밀고 신호한다. 경계를 뛰어넘어 저쪽으로 갔을 텐데 나는 여전히 그 자리에 있다. 어느새 헌 운동화로 돌아와 있다.

토끼 부인이 얼굴을 내미는 것은 언제나 석양이 가장 두드러지는 저물녘이었다. 낮의 여운과 밤의 기적 사이를 억지로 비집고 들어오듯, 가슴을 펴고 앞을 똑바로 응시하며 또각또각 소리를 내며 걸어온다. 그녀의 구두 소리는 빛 웅덩이를 흩어버릴 만큼 기품 있다.

토끼 부인은 의안 상점 손님이었다. 아케이드에서 가장 젊은 청년이 주인인 그곳에서는 박제와 곤충 표본, 조각, 인형을 위한 의안을 취급했다. 의안은 칸막이로 구분된 나무 케이스에 종류별로 깔끔하게 진열되어 있었고, 소재로 쓰는 실리콘을 가공하거나 채색하는 공방이 가게 안쪽 절반을 차지하고 있었다. 근처에 있는 미술 전문학교며 박제 제작 공방이 주된 거래처였고, 부인 같은 개인 고객은 흔치 않았다.

"래빗의 눈을 찾고 있어요. 이곳엔 없는 눈이 없다고 들었는데요."

부인이 말했다.

"네. 인간 것만 빼면 대개는……"

주인의 대답을 끝까지 듣지도 않고 가게 안을 둘러보던 그
녀는 맨 처음 눈에 띈 듯한 케이스의 뚜껑을 열고 유심히 안
을 살펴보았다. '양서류용 각종' 케이스였다.

"동물용을 찾으십니까, 아니면 인형용을 찾으십니까."

"래빗은 동물이에요."

아주 당연하다는 듯한 투였다.

"래빗이면 당연히 토끼잖아요."

"네, 손님 말씀이 맞습니다."

주인은 나이는 젊지만 열심히 공부하는 노력가로 업계에
알려져 있었다. 동물학자들의 신뢰도 두텁거니와, 국립 박물
관에도 이 가게 의안을 낀 박제가 다수 소장되어 있었다.

"애완동물을 박제로 만드는 분은 가끔 계십니다."

"그래요?"

"네. 어느 공방에서 제작 중인지요?"

"어느 공방도 아니에요. 래빗은 아직 살아 있으니까."

부인은 이어서 '대형 포유류 각종' 케이스를, 또 '인형 눈·
플라스틱 실리콘' 케이스를 열더니 "흠……" 하고 중얼거리
며 혼자 고개를 끄덕였다.

그 뒤로 토끼 부인은 래빗의 눈을 찾으러 종종 나타났다.

하지만 긴급을 요하는 일이 아니라 그런지 매번 의안을 실컷 구경한 뒤 주인을 상대로 한 시간가량 수다 떨다 돌아갈 뿐, 원하는 물건을 손에 넣는 단계에 좀처럼 이르지 못했다. 주인은 주인대로 래빗의 실물을 모르다 보니 어떤 의안이 좋겠다고 권할 길이 없었다.

"똑같은 토끼라도 눈 표정은 각각 다 다르니까요."

"그럼요, 이게 바로 래빗이다 싶은 의안을 만들어주지 않으면 곤란해요."

"특별 주문도 가능하고, 아니면 기성 제품을 가공해서 색의 뉘앙스를 바꿀 수도 있습니다."

"호오……"

"사진만 있으면 됩니다만."

"사진 같은 건 도움이 안 돼요."

부인은 단호하게 말했다.

"래빗의 눈이 얼마나 멋진지 사진 같은 걸로 알 수 있을 리 없잖아요. 그 애의 전부가, 총명함도, 자유분방함도, 솔직함도, 명랑함도 모두 그 속에 담겨 있어서, 무슨 색이라고 말로 표현할 수 없는 결정結晶을 이루는걸요."

"저 토끼 보고 싶어요. 언제 데려오세요."

마침 의안 상점 앞에서 웅덩이 놀이를 하던 나는 나도 모르게 큰 소리로 말했다.

"그건 안 돼."

부인은 내게 얼핏 시선을 던지더니 반지를 두 개고 세 개고 긴 왼손으로 나를 내쫓는 시늉을 했다.

"래빗은 똑똑해서 이런 데 오고 싶어 하지 않아."

부인은 의안 상점 입구로 얼굴만 내밀더니 아케이드 천장을 올려다보았다. 빛이 그녀의 옆얼굴을 덮어 눈동자 색깔을 감추었다.

부자란 바로 저런 사람을 가리키는구나. 나는 토끼 부인을 보고 그렇게 생각했다. 클래식한 느낌의 투피스, 금장식이 붙은 핸드백, 진주 브로치와 목걸이, 레이스 손수건, 향수, 붉은 립스틱, 커다란 보석 반지와 길게 기른 손톱. 그녀의 몸에는 내가 상상하는 부자의 요소가 모조리 갖추어져 있었다.

"두 손을 이렇게 둥글게 모으면 그 속에 딱 맞게 들어가는 크기예요. 꼭 맞춤해서 만든 것처럼."

"귀는 의외로 아담해요. 내 검지 정도 되려나. 토끼라고 괜히 귀가 크지 않은 점이 래빗답다니까요. 난 이 크기면 충분

64

합니다, 하는 느낌이죠."

"그렇지만 제일 귀여운 건 코랑 입이에요. Y자 모양으로 붙어 있는 그 부분을 실룩실룩, 실룩실룩 움직일 때 래빗은 철학자랍니다. 생각하는 거예요. 생각해야 할 어떤 문제에 관해 말이죠."

"앞발을 모으고 앉아 있을 때면 정말이지 얼마나 행실이 바른지. 악의는 눈곱만큼도 없이 선량함 덩어리예요."

"맞다, 중요한 건 눈이죠. 이 정도예요. 내 손가락으로 만들 수 없을 만큼 조그맣거든. 그런데 한없이 깊으니까 그렇게 작다는 생각이 안 들지 뭐예요. 래빗 전체가 눈으로 돼 있다고 해도 될 정도랍니다."

토끼 부인은 손과 손가락을 벌렸다가 구부렸다가 하며 지금 품에 안고 있는 양 래빗에 관해 이야기했다. 이따금 래빗을 쓰다듬는 시늉까지 했다. 손바닥은 아주 보드랍고 연약한 것을 건드리고 있는 듯한 표정을 띠고 있었다.

"아아, 그렇습니까. 흠, 그렇군요."

주인은 손 안에 든 보이지 않는 래빗에게 끈기 있게 시선을 보내고 있었다.

"어머나, 날 귀여워해주세요, 하는 듯한 이 눈은 뭐람? 이래서 개는 방심할 수 없다니까."

부인은 미간에 주름을 잡고 페페를 내려다보았다. 나는 부인이 하이힐로 페페를 짓밟지는 않을까 싶어 조마조마했다.

"넌 늘 여기에 있더라. 엿듣는 거니?"

나는 황급히 고개를 흔들었다. 의안 상점 앞에 다른 곳보다 한층 큰 빛 웅덩이가 생기기 때문이라고 설명하고 싶었으나 말이 잘 나오지 않았다. 하는 수 없이 페페를 끌어안았다.

"박제란 게 어떻게 만드는 건지 너 아니?"

느닷없이 쭈그리고 앉은 토끼 부인이 내 귓가에 대고 말했다. 당장에라도 귓불에 붉은 립스틱이 묻을 듯했다.

"먼저 털에 엉긴 피랑 체액을 문질러서 제거하고 벼룩 잡는 가루약을 뿌려. 그다음 배 한가운데를……"

그녀는 페페를 뒤집어 털이 적고 볼록 나온 배꼽 언저리에 검지 손톱을 박더니 턱 밑까지 단숨에 일직선을 그었다.

"이렇게 가르는 거야."

페페는 싫어하지도 않고 얌전히 있었다. 포석에 등이 쓸리는데도 심지어 꼬리를 흔들려 하는 지경이었다. 가까이서 보니 부인의 매니큐어는 여기저기가 벗겨졌고 손가락은 손거스러미가 일어 거슬거슬했다. 이런 손으로 쓰다듬으면 래빗이 아프지 않을지 조금 걱정이 들었다.

"다음엔 속에 든 걸 꺼내서…… 속에 든 게 뭔지 알겠니? 장이랑 심장, 생식기를 말하는 거야. 그런 건 금방 썩으니까 아쉽지만 전부 버려. 그러곤 알코올로 속을 소독하고 솜을 채워."

부인의 두 손이 페페의 배 위에서 꿈틀꿈틀 움직이며 내장을 긁어내고 속을 채우는 모습을 재현했다. 페페는 간지러운지 몸을 한층 크게 꼼지락거리며 혀를 늘어뜨렸다.

향수 냄새가 코를 찔러 눈이 따가웠다. 부인의 팔꿈치에서 늘어진 핸드백은 금장식의 도금이 벗겨졌고, 진주 브로치는 받침이 녹슬어 거기서 떨어진 가루 때문에 옷깃이 지저분했다.

"아차, 잊어버릴 뻔했네."

부인은 일어서려다 말고 다시 쭈그리고 앉더니 페페의 얼굴을 휙 쳐들었다. 페페가 귀여운 소리로 조그맣게 낑 하고 울었다.

"제일 잘 썩는 건 눈이야. 뭐니 뭐니 해도 눈. 어떤 동물이든 눈부터 부패하거든. 그러니까 두 눈을 맨 처음에 파내야 해. 잊지 마."

이번에는 정말로 일어서서 치마에 묻은 폐폐의 털을 털고 "이 개한테는 싸구려 유리면 충분하겠어." 하고 혼잣말을 중얼거렸다.

"그럼 가까운 시일 내로 또 올게요."

주인에게 보이는 미소는 우아했다.

"네, 기다리겠습니다."

토끼 부인은 주인의 인사에 등을 돌리고 멀어져갔다. 어느새 스테인드글라스 너머에 어둠이 다가와 빛 웅덩이가 사라지고 없었다.

의안 상점 주인은 취급하는 상품에 걸맞게 완벽한 눈을 소유하고 있었다. 흰자위는 한 점 얼룩도 없고, 검은자위는 한없이 사려 깊으며, 전혀 힘주지 않고 칼로 금을 슥 그은 듯 쌍꺼풀이 졌다. 가게 안쪽에서 뭘 쓰거나 수의학 전문 잡지를 읽고 있을 때면 긴 속눈썹이 눈가에 그림자를 드리워 표정이 더욱 인상적이었다.

그는 어떤 손님도, 물론 토끼 부인도 아름다운 눈으로 똑바로 바라보며 대했다. 눈을 다루는 장사이니 그러는 게 당연하다는 태도로 상대방의 눈을 그 무엇보다도 소중한 것으로 취급했다. 가끔은 당장이라도 두 손을 뻗어 눈을 떼내려 하는 게 아닐까 하는 생각이 들었다.

유일한 예외는 약혼자였다. 주인은 그녀 앞에서만은 늘 눈을 내리깔고 있었다. 분홍색 앞치마가 잘 어울리는 어린이집 선생님인 그녀는 분홍색 고무줄로 긴 머리를 하나로 묶었다. 어린이집 점심시간이면 도시락 두 개를 들고 아케이드에 나타나, 안마당에서 의안 상점 주인과 함께 먹는 게 습관이었다.

나는 약혼자라는 말의 느낌이 마음에 들었다. '애인'처럼 들뜬 느낌은 아니고, '부인' 같이 평범하지도 않고, 어딘지 모르게 기품 있으면서 낭만적인 분위기가 느껴졌다. 두 사람은 똑같은 손수건으로 싼 도시락을 펴고 도란도란 말을 나누며 롤 샌드위치와 감자 샐러드, 피클을 먹었다.

"약혼자 언니."

내가 부르자 그녀는 부끄러운 듯 미소를 지으며 딸기 잼을 바른 롤 샌드위치 하나를 주었다.

"약혼자는 이름이 아니야. 알겠니? 진짜 이름은 말이지……"

상점 주인은 그럴 때에도 내 눈을 똑바로 보며 설명했다. 하지만 너무나도 맛있는 잼에 정신이 팔린 나는 진짜 이름을 기억하지 못해, 그 뒤로도 그녀를 약혼자 언니라고 불렀다.

아케이드 사람들은 토끼 부인이 어떤 사람인지 아무도 확실하게 알지 못했다. 독직 사건으로 실각한 정치가의 정부였다고 수군거리는 손님은 몇 명 있었지만, 근거는 명확하지 않았다. 어쨌거나 토끼 래빗의 주인이라는 것 외에는 그녀를 표현할 말을 찾을 수 없었다.

일요일에 아버지와 함께 운동 공원에 갔다가 우연히 토끼 부인을 보았다. 양산을 쓰고 유모차를 밀며 공원에서 열리는 수확제를 구경하고 있었다. 투피스도, 하이힐도, 핸드백도 의안 상점에 올 때와 똑같았던 터라 바로 알아볼 수 있었다.

그녀는 농가 사람들이 야채며 유제품, 벌꿀을 판매하는 것을 한 곳, 한 곳 유심히 보고 다녔다. 이따금 멈춰 서서 포도송이를 들어보고 치즈 냄새를 맡아보는데 뭔가를 사는 눈치는 없었다. 그동안 내내 양산은 유모차에 씌워져 있었다.

래빗이 타고 있는 게 틀림없다고 생각한 나는 아는 사람과 마주쳐 이야기를 나누는 아버지를 두고 몰래 유모차로 다가갔다. 대단히 혼잡해서 어른들을 헤치고 나아가기가 쉽지 않았지만, 언제 페페의 배에 꽂힐까 걱정해야 했던 눈에 익은 하이힐 덕에 그녀를 놓치지 않을 수 있었다.

무척 낡은 유모차였다. 커버는 온통 때가 탔고, 손잡이는 찌그러진 데다, 바퀴는 닳아서 덜걱덜걱 귀에 거슬리는 소리를 냈다. 저렇게 위아래로 흔들리는데 래빗은 괜찮을까. 나는 사람들 틈새로 유모차를 들여다보았다. 갓난아기용 요를 깔고, 거즈 타월 몇 장을 겹치고, 포대기로 덮어놓았다. 하나같이 유모차와 마찬가지로 낡고 어수선하게 뒤범벅되어 딱 토끼만 한 크기의 덩어리를 이루고 있었다. 하지만 래빗은 없었다.

부인은 유모차에 빛이 들지 않는지 시종 양산의 방향을 신경 쓰며 인파도 아랑곳하지 않고 자기 속도로 걸었다. 핸드백을 흔들흔들하고, 반지를 반짝이며, 레이스 손수건으로 땀을 훔쳤다. 유모차가 위아래로 한층 크게 흔들리자 걱정스레 몸을 굽히고 흐트러진 포대기를 바로잡았다. 나를 제외하고 길 가는 사람들은 아무도 래빗에게 관심을 보이지 않았다. 토끼 부인이 어떤 눈을 가지고 있는지 누구 한 사람 알려 하지 않았다.

판매 코너가 끝나는 부분에서 갑자기 부인이 멈춰 섰다. 포플러 나무 뒤, 간이 울타리로 둥글게 막아놓은 곳에 토끼를 풀어놓았다. 갈색, 검정, 하양, 얼룩무늬, 귀가 늘어진 것, 털이 긴 것, 몸통이 긴 것. 다양한 종류의 토끼들이 굴을 파고 시든 양배추 잎을 갉아 먹는 가운데 어린애들이 뛰어다니고 있었다. 부인은 유모차 손잡이를 꽉 붙든 채 그저 토끼들을 보고 있었다. 아니면 아이들을 보고 있었는지도 모른다. 하지만 그 눈은 양산에 가려져 있어, 시선 끝에 무엇이 있는지 알 수 없었다.

"……애, 래빗……"

빨간 입술이 그렇게 움직였다. 아이들이 지르는 환성 틈으로 어렴풋이 목소리가 들렸다. 부인은 래빗을 어르듯 유모차를 부드럽게 앞뒤로 움직였다.

그때 멀리서 아버지가 부르는 소리가 들렸다. 아버지에게는 말하지 말자. 나는 순간적으로 그렇게 생각했다. 이유는 알 수 없지만 여기서 목격한 토끼 부인에 관해서는 혼자만의 비밀로 해야겠다고 굳게 결심했다. 나는 그 결심을 끝까지 지켰다.

"토끼 눈이 빨갛다고 단정한 건 대체 누굴까요."

하도 오래 드나들어 익숙해진 의안 상점 벽 앞 의자에 앉아 토끼 부인이 말했다.

"잠을 안 자는 동물이란 말 때문일지도 모르겠군요."

상점 주인이 대답했다. 작업대 위에 제작 중인 의안 몇 개가 놓여 있었다. 나는 열려 있는 출입구 옆에 페페와 함께 주저앉아 있었다.

"맞아요. 나도 래빗이 눈을 감은 모습을 한 번도 본 적이 없네요."

"아무도 모르게 몰래 자는 동물이죠."

"뭘 그렇게 조심스러워하는 걸까. 얼마든지 마음껏 눈 감아도 돼."

부인은 무릎 위의 공백을 두 손으로 쓰다듬었다. 손가락이 털 사이로 파고들고, 손바닥은 등에서 옆구리까지를 느슨하게 감쌌다. 보석이 닿지 않도록, 손톱이 찌르지 않도록 세심한 주의를 기울이는 것을 알 수 있었다. 매니큐어는 반 이상 벗겨져 있었다.

"지금까지 의안을 몇 개나 만들었어요?"

"글쎄요, 세어본 적이 없군요."

"세어봐요."

"어디 보자, 한 6천에서 8천…… 아니, 1만 개가 넘을지도 모르겠습니다."

"전부 죽은 것들의 눈인가요?"

"네."

페페가 크게 하품했다. 우리 발치에서 빛이 평소보다 세밀하게 흔들리고 있었다.

"죽은 것들의 목소리는 전부 눈에 갇혀 있는지도 몰라요."

"네."

부인은 고개를 수그리고 래빗을 한층 열심히 쓰다듬었다.

"그래서 다들 의안을 사러 오는 거예요."

얼마 동안 침묵이 흘렀다. 그동안 주인은 그녀에게서 시선을 거두지 않았다.

"자, 당신도 안아줘요."

부인은 일어나 두 팔을 주인에게 내밀었다. 그는 그것을 받아 품에 안고 눈을 똑바로 응시했다. 수천 개의 눈을 보아온 주인에게는 조금도 어려운 일이 아니었다.

눈 한 번 깜박이지 않고 언제까지고 래빗의 눈만 보듬어줄 수 있었다.

"고마워요. 당신만큼 래빗을 잘 안아주는 사람은 없었어요."

부인이 말했다.

페페가 지루해서 코를 킁킁거리기 시작했다. 밤이 조금씩 석양을 삼키려 하고 있었다.

그다음 토끼 부인이 나타났을 때, 의안 상점 입구에는 임시 휴업을 알리는 패가 걸려 있었다. 주인과 약혼자 언니가 결혼식을 올리는 날이었다.

그러고 있으면 언젠가 주인이 돌아올 것이라고 믿는 것처럼, 부인은 오랫동안 쇼윈도 앞에 서서 어둑어둑한 가게 안을 들여다보고 있었다. 유리에 이마가 닿을 만큼 얼굴을 바짝 갖다 대고 자세를 바로잡아 두 발로 버티고 서 있었다. 핸드백이 패에 부딪치며 딸각 소리가 났다.

가게 안쪽 공방은 깨끗이 정돈되어 휴지 하나 떨어져 있지 않았다. 도구들은 서랍 안에 보관되어 있고, 부인이 늘 앉는 의자는 구석 어둠 속에 조용히 숨어 있었다. 의안들은 제각각, 어류용도 고양이과용도 바다짐승용도, 목상木像용도 청동 조각용도 비스크 인형용도, 나무 케이스의 작은 네모꼴 안에 얌전히 들어 있었다. 자신에게 주어진 장소에서 삐져나온 것은 하나도 없었다. 보드라운 벨벳 위에 누워 자신이 정말 있어야 할 곳이 정해질 때까지, 목소리를 잃은 죽은 이가 마중하러 올 때까지, 끈기 있게 기다리고 있었다.

그들은 모두 토끼 부인을 쳐다보고 있었다. 동공을 좁히고 홍채를 촉촉이 적시며 유리에 비치는 부인을 지켜보고 있었다.

아케이드 사람들은 그녀가 마음껏 그곳에 서 있을 수 있도록 아무도 말을 걸지 않고 잠자코 있었다. 페페조차 낑 소리 한 번 내지 않았다.

"자, 그럼……"

부인은 핸드백을 고쳐 잡고 말했다. 발치에 있는 페페를 알아차리고는 박제 이야기를 했을 때처럼 웅크리고 앉아 페페를 눕히고 배를 간질여주었다. 페페는 몸을 비비 꼬며 좋아한 뒤, 부인의 손바닥 냄새를 열심히 맡고서는 손을 할짝 핥았다.

"어머, 래빗 냄새가 나니?"

부인은 그렇게 말하고 여느 때처럼 굽 소리를 내며 멀어져 갔다.

의안 상점 쇼윈도에는 얼마 동안 파우더와 립스틱 자국이 남아 있었다.

토끼 부인은 그 뒤로 한 번도 나타나지 않았다. 고향으로 돌아가 결혼한 모양이다, 남자에게 받은 위자료로 장사를 시작한 모양이다, 건강이 나빠져 요양 중인 모양이다. 이런저런 소문이 퍼졌지만 이윽고 그것도 잊혔다. 나는 빛 웅덩이 저편으로 갔을 것이라고 생각했다.

의안 상점은 부부가 소박하게 영업을 계속했다. 약혼자 언니가 일하던 어린이집에서 토끼가 죽었을 때, 주인은 사체를 가져와 박제해서 쇼윈도에 진열했다. 눈에는 토끼 부인의 눈을 비춘 의안이 박혀 있었다.

래빗이라는 별명의 남자애가 R와 같은 병원에서 비슷한 무렵 죽었다는 이야기를 신사 아저씨에게서 들은 것은, 토끼 부인이 사라진 뒤 한참 지났을 때였다.

고리 집

손목에 핏대가 솟고 이마에는 땀이 맺혀 있었지만,
온몸 어디에도 위태로워 보이는 느낌은 없었다. 손끝에서 발끝까지가
하나로 이어져 흔들림 없는 형태를 만들어내고 있었다.
그녀의 말은 거짓이 아니었다. 그녀의 몸은 완벽한 고리를 그리고 있었다.

'고리 집'은 도넛을 전문으로 판다. 그것도 종류는 딱 하나. 조직이 치밀한 짙은 갈색의 심플한 도넛. 그것뿐이다. 초콜릿이며 안젤리카 같은 장식은 일절 없고, 계피 맛, 딸기 맛 같은 것과도 연이 없다. 바닐라 에센스로 향을 조금 더할 뿐 가루 설탕조차 뿌리지 않는다.

먹을 것을 파는 가게가 그곳밖에 없다는 점과 손님이 비교적 많이 드나든다는 점에서, 고리 집은 아케이드에서 특이한 분위기를 발산하고 있는지도 모른다. 환풍기가 하루 종일 요란하게 돌아가고, 간판은 크고 색채가 선명하다. 기운찬 글씨로 '사랑과 정열로 튀기는 도넛'이라고 쓰여 있다. 하지만 돈을 많이 버는 것은 결코 아니다. 고리 집의 도넛은 어린애 용돈으로도 살 수 있을 만큼 값이 싼 데다, 공기가 들어 있지 않은 빽빽한 질감 탓에 한 개만 먹어도 충분히 배부르다.

고리 집은 아케이드 입구, 전찻길을 오가는 사람들에게 가장 가까운 곳에 위치한다. 단골손님은 근처 종합 스포츠 센터에 다니는 소년 소녀다. 유도, 수영, 탁구, 펜싱, 역도, 배구…… 다양한 운동에 전력을 다하는 그들이 연습을 마친 저물녘, 배를 곯으며 나타나 노면전차가 오기까지 기다리는 얼마 안 되는 시간에 허겁지겁 도넛을 산다. 기름종이로 싼 갓튀긴 도넛을 더는 못 기다리겠다는 양 당장 베어 물며 정거장으로 달려간다.

"아아, 오늘도 많이 팔리네."

나는 안마당에서 혼잣말을 중얼거린다. 발치에서 페페가슬슬 산책할 때가 안 됐느냐고 안절부절못하며 보챈다.

고리 집 주인은 부지런하다. 벌써 40년 가까이 같은 재료로 같은 도넛만 만들고 있건만, 아직까지도 도넛을 튀기는 게 좋아 죽겠다는 표정으로 가게에 서 있다. 가루 선별에서 반죽 정도, 반죽이 들러붙지 않도록 뿌리는 밀가루의 양, 틀로 찍어내는 방식, 기름 온도 조절에 이르기까지 모든 것에 대해

숙련된 기술을 지니고 있다. 일련의 작업이 일필휘지처럼 막힘없이 진행된다. 그의 손놀림을 따라가면 시 한 편이 떠오를 것만 같다.

내가 있는 안마당에서 주인은 보이건만 어째선지 소년 소녀의 모습은 흐릿하다. 그들의 윤곽은 땅거미에 싸여 부옇게 흐려지고, 떠드는 소리와 웃음소리는 한순간 팡 터진 뒤 전찻길 쪽으로 빨려들어 아케이드 안에서는 들리지 않는다. 분명 바람이 지나는 길에서 아케이드가 비껴나 있는 탓이리라. 소년 소녀는 고리 집 너머로 이어지는 아케이드도, 그곳에 있는 나도 알아차리지 못한 채 주저 없이 멀어져간다.

"오랜만에 뵙습니다."

어느 초가을 아침, 10년 만에 백과사전 세일즈맨이 나타났다.

"더 일찍 찾아뵈려고 했는데 이차저차 어영부영하다 보니······"

세일즈맨은 손수건으로 이마의 땀을 닦고 독서 휴게실 원형 테이블에 배낭을 털썩 내려놓았다.

"여기는 전혀 변하지 않았군요. 따님은 어엿한 아가씨로 자라셨습니다만."

지난번 세일즈맨을 만난 것은 R가 죽고 얼마 지나서였다. 하지만 정말 변하지 않은 것은 그였다. 마른 몸에 어울리지 않는 거대한 배낭도, 심약해 보이는 웃음도, 먼지를 뒤집어쓴 다 해진 가죽 구두도 기억 속에 있는 그의 모습과 똑같이 일치했다.

"이거야 원, 이 정도로 애용되는 백과사전하고 재회하는 건 흔치 않은 일인데 말이죠. 세일즈맨으로서 더할 나위 없이 기쁘군요."

그는 과거 자신이 판매했던 백과사전을 당장 책꽂이에서 꺼내더니 실감 어린 어조로 말했다.

"네, 아케이드에서 가장 아끼는 책이에요."

나는 대답했다.

"제가 팔아놓고 이렇게 말씀드리긴 뭐합니다만, 솔직히 책 꽂이 구석에 박혀 존재조차 잊힌 게 태반입니다. 심하면 문 버텨놓는 용도로 쓰이는 지경이죠."

세일즈맨은 레모네이드 잔을 단숨에 비웠다.

"그렇지만 여기는 그렇지 않습니다. 한 페이지 한 페이지, 사람의 손과 눈이 닿고 숨결이 닿은, 사랑받은 증거가 남아 있습니다. 그러니까 활자가 부드럽단 말이죠. 저도 어쨌거나 백과사전 세일즈로 외길을 걸어온 사람이니 그 정도는 알 수 있습니다."

그의 진단은 옳았다. 만약 백과사전이 그의 말처럼 변모했다면 그것은 R 아버지의 손길 덕분이었다.

그는 배낭 하나에 백과사전, 속담 사전, 광물 사전, 역사 연표, 법령 총람 등등의 견본 및 팸플릿을 가득 넣고 전국 방방곡곡 팔러 다니는 세일즈맨이었다. 좌우지간 그가 취급하는 것은 죄다 무거운 책들이었다. 배낭은 그 어떤 중량에도 견딜 수 있도록 군용으로 개발한 특제 천으로 만들었고, 그래도 여기저기 터지는 곳은 천을 덧기워 몇 겹으로 수선했다. 어렸을 때는 이렇게 깡마른 사람이 왜 무거운 사전을 파는 일을 하는 걸까 이상했다. 뼈가 앙상한 어깨를 끈이 파고들고, 목에 힘줄이 솟아서는 가쁜 숨을 몰아쉬며 한 발짝 내딛기도 벅찬 듯한 모습을 보면, 무슨 고행 내지 고문이나 다름없어 보였다. 하지만 그게 손님의 동정을 사기 때문인지 영업 성적은 의외로 나쁘지 않다. 아버지도 그 작전에 걸려든 사람들 중 하나였다.

"최근에 백과사전 개정판이 나와서 말이죠. 항목도 20퍼센트 늘어 내용도 더욱 알차졌는데, 어떻습니까? 지난번에 구입하시고 나서 시간이 꽤 많이 흘렀는데, 새로 장만하실 의향은……"

세일즈맨은 배낭에서 새 백과사전을 꺼내려 했다. 나는 그를 가로막으며 말했다.

"죄송해요. 새것은 필요 없어요. 이걸로 충분해요. 이 백과사전이 아니면 곤란해요."

그는 손을 멈추고 방금 전 책꽂이에서 꺼낸 백과사전을 내려다보았다. 우연히도 '아피아 가도'가 실려 있는 페이지가 펼쳐져 있었다. R와 함께 그곳을 여행했던 기억이 오랜만에 떠올랐다. 한 자 한 자 백과사전을 베껴 적던 신사 아저씨의 모습이 가슴속에 되살아났다.

"그렇습니까……"

그는 개정판을 보여주지도 못한 채 의외로 선뜻 물러났다. 나는 레모네이드를 한 잔 더 따랐다.

"또 필요하신 게 생기면 그때 잘 부탁드리겠습니다. 언제든지 각종 견본을 갖춰 찾아뵙겠습니다."

"네, 고맙습니다."

아케이드는 여느 때와 같은 아침의 평온함에 싸여 있었다.

상점 주인들은 쇼윈도를 닦고, 금전 등록기에 잔돈을 넣고, 상품의 먼지를 털고 있었다. 그 가운데 고리 집만은 여전히 바빠 보였다. 아직 기름을 끓일 시간이 아닌데도 이미 환풍기가 힘차게 돌아가고 있었다. 귀를 기울이자 반죽을 섞는 나무 주걱 소리가 들렸다.

"고리 집은 여전하신지요?"

문득 세일즈맨이 물었다.

"네, 여전하세요."

"다행입니다."

"날이 쌀쌀해지면서 도넛이 한층 잘 팔릴 계절이죠."

"네, 이제야 겨우 가을 같아졌군요. 그런데 고리 집 주인분은 여전히 혼자이신지?"

"네, 혼자서 도넛을 만들고 계세요."

"그렇습니까……"

그는 또다시 말을 삼키고는 레모네이드를 마셨다.

"실은 좀……"

세일즈맨은 비로소 본론을 이야기한다는 투로 그렇게 말하더니, 고리 집 쪽을 물끄러미 응시했다.

"신경 쓰이는 소문을 들어서 말입니다."

10년 전 고리 집 주인에게는 결혼을 약속한 사람이 있었다. 쉰 살을 눈앞에 두고 겨우 만난 연인이었다. 상대방은 종합 스포츠 센터의 기계체조 교실에서 코치로 일하는 전 올림픽 대표 선수로, 물론 도넛을 사러 왔다가 처음 만났다.

사실 그는 내심 스포츠 센터 관련 손님 중 기계체조 선수들을 동경했던 모양이다. 그들은 하나같이 가녀리고, 가련하며, 포니테일로 묶은 머리가 사랑스러웠다. 게다가 체중 제한 탓에 좀처럼 도넛을 사러 오지 않는다. 그 점이 한층 그의 동경심을 북돋웠다. 하지만 체조 선수들에 대한 감정은 물론 자신에게 이런 딸이 있다면 얼마나 귀여울까 하는 정도의 마음이었다. 그런데 어느 날 코치가 나타났다.

나이는 30대 후반, 경력에 걸맞은 화사한 이목구비였다. 커다란 눈이 되록되록 계속 움직이고, 살결이 고운 피부는 한없이 희고, 촉촉한 입술이 매혹적이었다. 몸가짐은 세련됐고, 자세는 똑바르고, 도넛을 받아 드는 동작마저 우아했다. 다만 한 가지 마음에 걸리는 것은 체조 선수 출신치고 다소 통통하다는 점이었다. 저 보드랍고 살집 있는 엉덩이로 뜀틀을 두 손으로 짚고 뛰어넘는다든지, 평균대 위에서 턴을 한다든지, 이단 평행봉에서 빙글빙글 회전하는 모습을 상상하기는 조금 어려울 듯했다. 하지만 머리에는 선수 시대의 영광이 고스란히 남아 있었다. 완벽한 포니테일이었다.

코치는 그 뒤 종종 가게에 나타났다. 선수들과 마주치면 창피한지, 연습이 시작되기 전 시간대에 올 때가 많았다. 소문은 순식간에 아케이드에 퍼졌다. 원래 다른 사람들의 뒷소문을 즐기는 상점 주인들이 아닌데, 평소 이렇다 할 사건이 없는 아케이드에 흔치 않은 가슴 설레는 예감에 다들 그때만은 약간 흥분했던 것 같다. 하지만 재미있어 하며 놀리거나 쓸데없이 캐묻지는 않았다. 안마당에서 휴식할 때 "유명한 체조 선수라고 들었는데" "그래, 올림픽에서 메달도 땄다나 봐" "오늘도 오려나" "그럴걸, 요새 매일 오니까" 하고 몰래 이야기할 뿐, 실제로 그녀가 나타났을 때에는 되도록 방해되지 않게 다들 모르는 척했다.

하지만 열두 살 어린애였던 나는 적당히 모르는 척하기가 쉽지 않았다. 가까이 다가가 전직 체조 선수의 얼굴을 자세히 보고 싶다는 유혹을 못 이기고, 페페를 데리고 산책 가는 척하면서 고리 집 앞을 서성거리곤 했다.

"이단 평행봉은 참 이상한 기구예요. 체조 경기장 아닌 다른 곳에선 아무런 쓸모가 없잖아요."

"평균대의 평균은 뭐랑 뭐의 평균이라고 생각해요?"

"난 어떤 자세도 취할 수 있어요. 발가락으로 귓불을 만질 수도 있고, 팔을 꼬고 줄넘기도 할 수 있다고요. 원한다면 도넛 자세를 취해볼까요?"

그녀는 환풍기 소리에 묻히지 않을 만큼 명랑한 목소리로 말했다. 고리 집 주인은 일손을 멈추는 일 없이 그저 고개를 끄덕이고 미소 짓고 쑥스러워할 뿐 거의 입을 열지 않았다. 나는 도넛 자세란 게 어떤 것인지 꼭 보고 싶었지만, 화제는 고리 집 주인이 우물쭈물하는 사이 금세 다른 데로 옮겨 가고 말았다.

전직 체조 선수는 가게 정면에 서서 카운터에 팔꿈치를 얹고 기름을 들여다보았다. 이따금 손을 뻗어 고리 집 주인의 비뚤어진 앞치마를 바로잡아주었다. 손님이 오면 옆으로 비켜서서 가게 점원인 양 "또 오세요" 하고 친근하게 말을 걸었다. 그때마다 포니테일이 경쾌하게 흔들렸다.

그녀의 몸에서 가장 매력적인 것은 틀림없이 포니테일이었다. 그곳에는 한 치의 빈틈도 없었다. 한 오라기도 빠뜨리지 않고 모조리 검은 고무줄로 묶은 머리는, 작은 느슨함조차 없이 그 어떤 압력에도 풀리지 않는 결속을 보이고 있었다. 볼

륨이 풍성한 머리채가 목덜미 언저리에서 끄트머리만 귀엽게 통통 튀고 있었다. 그녀가 조금이라도 움직이면 충실한 하인처럼 그녀의 동작에 따랐다.

전직 체조 선수가 곁에 있을 때면, 고리 집 주인은 도넛 제조에 평소보다 더 깊이 몰두하려 했다. 그러면 그럴수록 본래는 완벽한 일련의 움직임이 미묘하게 흐트러졌다. 물론 맛에 영향은 없었다. 하지만 틀을 좌우 40도씩 회전시킬 때의 각도며, 튀김용 젓가락 끝에서 방울방울 떨어지는 기름의 힘찬 정도, 금전 등록기에서 거스름돈을 꺼내는 손놀림이 어딘지 모르게 어색해 보였다. 내 눈은 그 모습을 놓치지 않았다.

"그만 가 봐야겠네요. 연습이 시작되겠어요."

그녀가 말했다.

고리 집 주인은 말없이 도넛 한 개를 내밀었다. 방금 튀긴, 기름종이에 끼워 들면 슉 소리가 날 듯한 도넛이었다.

"고마워요."

그녀는 도넛을 한 손에 들고 평균대 위에서 회전하듯 몸을 틀어 큰길을 달려갔다. '사랑과 정열로 튀기는 도넛' 간판에 햇살이 비쳐 반짝반짝 빛났다. 나는 페페의 목줄을 잡고 달랑달랑 흔들리는 포니테일을 언제까지고 쳐다보고 있었다.

페페를 데리고 그녀의 뒤를 밟은 적이 한 번 있다. 실제로는 산책을 시작하려는데 우연히 그녀가 고리 집에서 나왔을 뿐, 처음부터 작정하고 미행을 계획한 것은 아니었지만 어쩌다 보니 그렇게 되어 있었다.

그녀는 도넛을 먹으며 인파 속을 거침없이 걸어갔다. 놓치지 않으려면 종종걸음을 쳐야 할 정도라, 페페가 차분히 가로수 밑동 냄새를 맡을 여유도 없었다. 흔들리는 포니테일만 보며 쫓아갔다. 도넛은 세 입 만에 없어졌다.

올림픽에 나가면 어떤 느낌일까. 먼 외국에 가는 것만 해도 큰일인데, 게다가 평균대에서 균형을 잡고 매트 위에서 공중제비를 넘는 것이다. 라이벌은 당연히 모두 외국 사람이다. 나 같으면 보기만 해도 겁먹을 게 틀림없다. 하지만 선수촌은 조금 재미있을 것 같다. 근대적이고, 청결하고, 식당에는 맛있어 보이는 음식이 듬뿍 준비되어 있어 배불리 먹을 수 있을 것이다. 그리고 멋진 선수를 만나 가슴 설레는 것이다. 어떤 종목 선수가 좋을까. 보트, 마장 마술, 10종 경기, 높이뛰기, 수구……

"개가 참 귀엽네."

잘생긴 선수를 놓고 고민하는데 갑자기 그녀가 말을 걸었다. 방금 전까지 저 앞을 걷고 있었건만 어느새 눈앞에 있었다.

"네 개니?"

"네."

나는 황급히 대답했다.

"고리 집 주인분 친척?"

그녀는 페페를 쓰다듬으며 물었다. 개를 다루는 데 익숙한 사람이라는 것을 알 수 있었다. 쭈그리고 앉았더니 포동포동한 몸매가 더욱 두드러졌다. 허리는 두둑하고, 가슴은 블라우스 여밈 사이로 삐져나올 듯했다.

"아뇨."

"생판 남?"

"네."

"흠, 그래?"

방금 전까지 나무 밑동 냄새를 맡으려고 안달하던 페페는 어느새 안정을 되찾고 고개를 뻗어 그녀의 입 언저리를 할짝할짝 핥았다. 앞발의 볼록한 살이 그녀의 가슴에 파묻혀 있었다.

"거기 도넛 맛있지?"

"네."

"너도 좋아해?"

"네, 그야 물론."

그녀는 페페의 온몸을 한바탕 쓰다듬어준 뒤 일어나 옷에 묻은 털을 털었다.

"고리 집 주인분한테 개털을 묻혔다간 영업에 방해가 될 테니까."

그렇게 말하고는 신경질적으로 하나하나 집어내 버렸다.

"그럼."

전직 체조 선수는 웃으며 손을 흔들더니 종합 스포츠 센터가 있는 운동 공원과는 반대 방향으로 발걸음을 돌렸다. 이윽고 포니테일이 시야에서 사라졌다.

전직 체조 선수가 단순한 손님이 아님을 어린 내가 안 것은, 어느 날 밤 두 사람이 아케이드 안마당에서 상품으로 파는 고리 모양 도넛이 아니라 동그랗게 찍어낸 가운데 부분을 먹는 것을 목격했기 때문이었다. 가게 이름 때문인지, 한 종류의 도넛에 정열을 쏟는 장인 정신 때문인지, 고리 집 주인은 그 동그란 부분을 팔지 않았다. 아케이드 주민들에게만 특별히 튀겨주곤 했다.

거의 모든 상점이 불을 끈 어둑어둑한 안마당에서, 하루 일과를 마친 고리 집 주인과 연습을 끝낸 전직 체조 선수가 나란히 앉아 함께 동그란 도넛을 먹고 있었다. 말은 여전히 그녀가 혼자 하고, 고리 집 주인은 입을 다물고 있었다. 테이블 위 기름종이로 싼 도넛을 두 사람은 번갈아가며 검지와 엄지로 집어 입에 쏙 넣었다. 미리 맞추기라도 한 양 적절한 템포로 조화롭게, 동그란 도넛이 연달아 두 사람의 입안으로 사라졌다. 그녀는 가끔씩 기름 묻은 손가락을 핥으며 고리 집 주인을 향해 미소 지었다.

백과사전 세일즈맨이 나타난 것은 바로 그 무렵이었다. R가 죽은 직후로, 백과사전을 새로 바꿀 생각은 없었거니와 새 사전을 구입할 예산도 없었던지라 상담은 5분도 못 되어 끝났다. 화제는 자연히 고리 집 주인의 결혼으로 옮겨갔다.

"올림픽 대표 선수 출신이라고요?"

세일즈맨 역시 그 부분에 관심이 가는 듯했다.

"이게 참, 우연히도 지금 저한테『올림픽 대大인명록』이 있단 말이죠. 최근 견본이 완성돼서……"

그는 배낭에서 한층 무거워 보이는 책 한 권을 꺼내 독서 휴게실 원형 테이블에 놓았다.

"각 올림픽별로 명장면 사진과 경기 결과, 대표 선수 전원의 명단이 수록됐답니다. 저희 회사가 자신 있게 내놓은 책이라 본부에서도 이걸 중점적으로 팔라고 독려하고 있죠. 그분, 종목은 체조라고 했고, 성함은 무엇인지요? 권말 색인이 충실해서 금세 찾을 수 있을 겁니다."

세일즈맨은 멋대로 의욕을 보이며 익숙한 손놀림으로 책장을 넘겼다.

"앗, 여기 있다. 정말 16년 전에 대표로 선발됐군요. 보십시오."

나와 아버지는 책을 들여다보았다. 선수의 얼굴 사진과 약력이 규칙적으로 나열되어 있었다. 세일즈맨이 가리키는 '체조 여자' 부분에는 감독, 코치에 이어 대표 선수들 한가운데 언저리에 확실히 그녀의 이름이 있었다. 나와 아버지는 얼마 동안 잠자코 사진을 응시했다.

"아니야."

참지 못하고 먼저 입을 연 사람은 나였다.

"이 사람 아니에요."

"16년 전이니 말이지."

아버지가 말했다.

"절대로 아니에요."

나는 자신 있었다. 사진 속 여자는 좌우지간 전체적으로 뼈가 앙상한 게 보드라운 느낌은 눈곱만큼도 없었다. 눈매는 야무지고, 턱은 뾰족하고, 목은 가늘고 길었다. 게다가 입술 가장자리에 점이 있었다. 아무리 눈에 힘주고 봐도 고리 집 주인의 여자 친구와 닮은 구석이 한 군데도 없었다.

"현역 시절에 비해 살이 붙는 건 당연해. 게다가 사진에 따라서 꽤 다르게 보일 테고……"

아버지는 어디까지나 신중했다.

"그렇지만 나 이 사람, 가까이서 봤는걸요. 페페를 쓰다듬어줄 때 바로 눈앞에서. 아무리 봐도 딴 사람이에요."

"경솔하게 단정하는 거 아니다."

아버지는 마치 우리 대화가 고리 집 주인에게 들릴까 봐 걱정하는 것처럼 목소리를 낮추었다. 아케이드에는 손님이 두어 명 있었다. 고리 집 주인은 여느 때처럼 가게에서 도넛을 튀기고 있었다.

"머리 모양은 같지 않나?"

아버지는 어떻게든 공통점을 발견하려고 애썼다. 하지만 똑같은 포니테일이라도 사진 속 여자와 그녀의 머리는 전혀 딴판이었다. 사진 속 여자의 머리는 사방으로 곱슬곱슬하게 뻗쳐 핀 몇 개로 간신히 하나로 묶어놓은 상태였다.

"저……"

세일즈맨이 조심스레 끼어들었다.

"혹시 필요하시다면 이 인명록을 한동안 여기 놓아둘까요?"

아버지는 잠시 생각하다가 "그래도 되겠습니까?"라고 했다.

"10년 전 그때 올림픽 선수 출신이라던 그 여자, 한동안 교도소에 있었는데 얼마 전부터 다시 이 부근에 출몰하는 모양입니다."

세일즈맨은 두 잔째 레모네이드도 다 마신 뒤 말했다.

"고리 집에 나타나진 않았습니까?"

"아뇨."

나는 고개를 내저었다.

"뭐, 면목은 없겠지만 그런 사람들은 뭘 생각하는지 알 수가 없으니까요. 일단 조심하시라고 귀띔해놓는 게 나을 것 같았습니다."

"고맙습니다."

나는 감사를 표했다. 하지만 그 뒤 나도 세일즈맨도 어쩌면 좋을지 알지 못하고 그저 어색하게 빈 컵을 쳐다보며, 한편으로 고리 집 쪽에 정신이 팔려 있었다. 슬슬 반죽을 빚을 시간이었다.

"아니, 그게 참, 저도 제가 쓸데없는 짓을 해서 일이 커진 게 아닌가 오랫동안 마음에 걸려서 말이죠……"

"아니에요. 덕분에 거짓말이 일찍 밝혀져서 다행이었어요."

우리는 동시에 얼굴을 들어 고리 집을 보았다.

결국『올림픽 대인명록』사건이 있은 뒤 아버지가 어떤 행동을 취했는지는 지금도 모른다. 어린애가 공연히 개입하지 않도록 어른들이 배려했을 수도 있다. 아무튼 얼마 뒤 전직 체조 선수는 결혼 사기죄로 경찰에 체포되었다. 그녀가 속인 상대방은 열 명 가까이 됐고, 전과도 있는 모양이었다. 전 백작 가문의 외동딸이며 몰락한 집안을 일으켜 세우기 위해 사업 자금이 필요하다는 게 상투적으로 써먹는 속임수였다. 전 재산을 갖다 바친 남자도 있었다고 한다.

하지만 이상하게도 올림픽 체조 선수 출신이라는 경력을 사용한 상대는 고리 집 주인 한 명뿐이었다. 그렇게 해서 어떤 이야기를 지어내 돈을 뜯어내려 했는지, 실제로 얼마나 뜯어냈는지 모든 것은 밝혀지지 않은 채로 끝났다. 그렇지만 그녀가 모습을 감춘 뒤로도 고리 집 주인의 일상에는 아무런 변화도 없는 듯 보였다. 즉, 매일 도넛을 튀길 뿐이었다.

세일즈맨은 길게 숨을 토해낸 뒤 다시 배낭을 지고 "가까운 시일 내로 또 찾아뵙겠습니다."라고 말한 뒤 돌아갔다. 아케이드를 나설 때 고리 집 주인에게 가볍게 머리를 숙인 듯했으나 두 사람의 표정까지는 잘 보이지 않았다.

세일즈맨이 알려준 소문은 진짜였다. 어느 날 페페와 산책하다가 운동 공원에서 그녀를 보았다. 그녀는 중앙 광장에 면한 벤치에 앉아 그저 멍하니 저녁노을을 바라보고 있었다. 광장 너머로 이어지는 종합 스포츠 센터의 체육관과 테니스 코트, 육상 경기장에서 청소년들의 목소리가 서로 부딪고 겹치며 주위에 울려 퍼지고 있었다. 기분 좋은 바람이 불어와 광장을 둘러싼 포플러 나무들이 살랑살랑 부드러운 소리를 냈다.

"개를 보고 알았어."

그녀가 말했다. 한 번이라도 자신을 예뻐해준 사람의 냄새
는 결코 잊지 않는 페페는 되도록 많이 쓰다듬어달라고 그녀
의 발치에 몸을 딱 붙이고 얌전히 엎드렸다.

"전 머리 모양으로……"

그녀는 정확히 15년만큼 나이가 들었다. 지방은 더욱 두
툼해지고, 엉덩이는 늘어지고, 눈가의 주름은 감출 길이 없
었다. 똑바르던 자세는 구부정해졌고, 눈에 수척하니 그림자
가 드리워져 있었다. 그런데도 머리만은 예전의 완벽한 포니
테일 그대로였다. 핀 하나 없이 고무줄 하나로 묶이는 결속력
도, 무심코 쥐어보고 싶어지는 볼륨도, 목덜미에서 살짝 밖으
로 삐치는 라인도 당시와 조금도 변함이 없었다. 흰머리 하나
보이지 않았다. 평균대에서 턴을 하면 분명 우아한 곡선을 그
릴 듯했다.

"어엿한 개가 됐는걸."

그녀는 나와 시선이 마주치는 것을 피하듯 페페를 쓰다듬
었다. 머리에서 목, 등, 옆구리까지 구석구석 정성스레 만져
주었다.

"저, 잘 지내는지……"

그녀는 손을 멈추고 포플러 나무 너머로 시선을 들며 중얼거렸다.

"그분, 고……"

"도넛 자세를 취해주세요."

그녀에게서 고리 집 주인 이름을 듣고 싶지 않았던 나는 순간적으로 그렇게 말했다.

"도넛 자세를 보여주세요."

얼마 동안 침묵이 흘렀다. 페페조차 침묵을 깨뜨리지 않도록 계속 엎드려 있었다. 청소년들의 목소리는 그동안에도 우리 머리 위에서 소용돌이치고 있었다.

이윽고 그녀는 말없이 일어나 신발을 벗더니, 잔디밭 위에서 자세를 바로 하고 심호흡을 한 번 했다. 두 팔을 귀에 딱 붙여 뻗고, 타이밍을 재듯 오른쪽 다리를 앞으로 살짝 한 번 들었다. 발등이 휘어지고, 발끝은 그 앞으로 이어지는, 눈에 보이지 않는 평균대의 어느 한 지점을 똑바로 포착하고 있었다. 그 자세로 얼마 동안 있었을까. 바람의 방향이 약간 변했다 싶은 순간, 그녀는 물구나무를 서더니 등뼈를 조금씩 뒤로 휘어 늘어진 포니테일에 발가락이 닿을락 말락 하는 지점에서 정지했다.

손목에 핏대가 솟고 이마에는 땀이 맺혀 있었지만, 온몸 어디에도 위태로워 보이는 느낌은 없었다. 손끝에서 발끝까지가 하나로 이어져 흔들림 없는 형태를 만들어내고 있었다. 그녀의 말은 거짓이 아니었다. 그녀의 몸은 완벽한 고리를 그리고 있었다.

그 뒤로 그녀를 두 번 다시 보지 못했다. 고리 집 주인은 오늘도 도넛을 튀기고 있다. 종합 스포츠 센터의 소년 소녀가 매일 배를 곯으며 가게로 찾아온다. 언제부터인지 시합 전날 고리 집 도넛을 먹으면 이긴다는 징크스가 널리 퍼지면서, 가게는 한층 번창하고 있다.

종이 상점 시스터

젊은이는 타고난 다정함과 젊음과 현명함으로, 편지를 많이 쓰고
그보다 더 많은 편지를 받는 인생을 산다.
어쩌면 그중에는 관리인이나 내 어머니, 그 밖의 많은 이들이
작은 불운 탓에 받지 못했던 편지도 들어 있을지 모른다.
종이 상점 시스터의 규칙에 따르자면, 그것은 좋은 인생이다.

나비가 춤추듯, 제비가 날듯, 그가 아케이드에 모습을 드러낸다. 싱그러움을 흩뿌리며, 조금도 주저하지 않고, 아주 자연스러운 발걸음으로 포석을 디딘다. 눈에는 그 어떤 것도 겁내지 않는 강한 빛이 깃들어 있고, 팔다리는 매끄럽게 움직이며, 발소리는 한없이 맑다. 상점 주인들은 무슨 일을 하고 있건 손을 멈추고 그 소리를 귀 기울여 듣는다. 그리고 그가 자기 집 손님이면 좋을 텐데 하고 생각한다. 나비든 제비든 자신의 가게 앞에서 날개를 쉬어 가면 좋은 징조가 틀림없을 것이라 믿는 것과 흡사하다. 그는 바깥 세계에서 아주 신선하고 바람직한 어떤 것을 가져온다.

이윽고 젊은이는 종이 상점 시스터 앞에 멈춰 선다.

"어서 오세요."

주인은 자랑스러운 표정으로 한껏 싹싹하게 말한다. 다른 상점 주인들은 젊은이의 뒷모습이 문 너머로 사라질 때까지 지켜본다.

종이 상점 시스터는 편지지 세트와 카드, 만년필, 잉크 등을 취급하는 곳으로, 레이스 상점 옆에 있다. 두 주인은 누나와 남동생이었다. 원래 그들의 아버지가 경영하던 잡화점을 둘이 공동으로 상속해 처음에는 같이 가게를 했다. 그러다 각자 자신 있는 분야의 상품에 주력하면서 자연히 천과 종이를 취급하는 두 가게로 분리된 모양이다. 자세한 경위는 잘 모르지만, 아무튼 내가 철들었을 즈음에는 이미 그곳에 레이스 상점과 종이 상점이 있었다.

두 사람은 뜻밖일 만큼 닮은 구석이 없었다. 레이스 상점 주인이 마음 약하고 호리호리한 데 비해, 누나는 명랑하고 구김살 없으며 좁은 가게 안에서 움직이는 데 애를 먹을 만큼 살이 쪘다. 그 쉴 새 없이 움직이는 입으로 동생의 에너지를 전부 빨아들이는 것 같았다.

"동생이 있다는 건 어떤 느낌이에요?"

외동인 나는 형제가 있다는 것의 의미를 잘 알 수 없어 종종 누나에게 물었다.

"어떤 느낌이라니……"

하지만 그녀에게 남동생은 특별히 화제로 삼을 만한 인물이 아닌 듯했다.

"동생은 동생이지. 그렇게 표현하는 것 말곤 없는걸."

"귀여워 죽겠다는 기분이에요? 아니면 걱정돼서 못 배기겠다는 느낌?"

"그렇게 근사한 게 아니야."

대답은 냉담했다.

"귀엽고 걱정되는 건 상품 쪽이지."

그렇게 말하며 누나는 비쳐드는 햇빛에 맞춰 차양을 살짝 내렸다. 종이 상점 시스터에서는 대개 차양을 내려놓았고, 쇼윈도 유리와 조명도 종이가 상하지 않는 특별한 종류를 사용했다. 그 때문에 가게 안은 언제나 가을 초입, 해가 저물려면 아직 좀 더 있어야 하는 시각의 그늘에 싸여 있는 듯했다.

"아아, 옆집은 오늘 손님이 아직 한 명도 안 온 것 같네. 하여간 곤란하다니까."

차양 틈으로 레이스 상점을 엿보며 누나가 말했다. 매상을 신경 쓴다기보다 느긋한 동생을 독려하는 듯한 투였다.

"그 애는 매사에 어떻게든 해봐야겠다 하는 마음이 없어. 뭐든 어떻게든 되겠지 한다니까. 그런데 정말 어느 틈엔가 어떻게든 돼 있곤 하니까 진짜 감탄스러울 노릇이지."

"그렇구나."

나는 결국 동생이란 무엇인지 확실히 알지 못한 채 모호하게 고개를 끄덕였다.

편지지, 봉투, 엽서, 생일 카드, 감사 카드, 초대장…… 가게에는 온갖 종류의 상품이 있었다. 전부 누나가 심혈을 기울여 고르고 떼어 온 기품 있는 물건들이었다. 종이 질이 최고급인 것은 물론, 디자인은 세련됐고 쓸데없는 장식이나 안이한 유행과는 무관하며, 의연함과 가련함을 동시에 지니고 있었다.

"이런 편지를 받으면 얼마나 기쁠까."

종이 상점 시스터 안에 있을 때면 나도 모르게 그렇게 중얼거리고 싶어졌다. 이 카드에 적힌 말이라면 행복을 가져다줄 게 틀림없다고 생각하게끔 하는 분위기가 그곳에 있었다.

다소 느낌이 다른 것은 맨 안쪽 구석에 놓인 조그만 목제 상자였다. 안에는 시대를 알 수 없을 만큼 오래된 그림엽서가 가득 들어 있었다. 물론 그것도 상품이었다. 우표가 붙었고 글이 쓰여 있는 이미 사용된 그림엽서로, 그림은 어딘가 먼 곳에 있는 듯한 해변이며 고원, 궁전, 동굴 등의 풍경이 많았다. 절벽을 급강하하는 로프웨이가 있는가 하면 눈 덮인 산장도 있었다. 그런가 하면 목마를 타고 노는 어린애, 부리에 꾸러미를 건 황새 그림도 있었다. 종이는 누렇게 변색됐고, 소인은 흐릿했고, 잉크 글씨는 지워져 잘 알아볼 수 없었다. 내가 모르는 말로 쓰인 것도 적지 않았다.

"만져도 돼요?"

나는 두 손을 주인 앞에 펴 보이며 허가를 구했다. 손이 젖지는 않았는지, 녹은 초콜릿이 묻어 있지는 않은지 점검한 뒤 그녀는 "그래, 합격"이라고 했다.

그림엽서를 하나하나 꺼내서 보다 보면 시간 가는 것도 잊었다. 엽서 하나를 손에 들면 누가 어떤 사람을 위해 무엇을 써서 보냈는지에 대한 온갖 상상이 뻗어나갔다. 판독할 수 있는 글자가 얼마 없어도, 그저 아름다운 무늬로만 보이는 언어라도 상관없었다. 글씨체, 잉크 색, 수신자 주소의 지명, 우표 도안, 엽서의 낡은 정도 등 온갖 것이 뭔가를 말했다. 근사한 분수와 위인의 동상을 둘러싼 광장에서는 아들이 어머니에게 자신이 새로운 땅에서 더없이 건강하게 지내고 있다고 엽서 앞뒷면을 빼곡히 채워 보고했다. 그런가 하면 호수에 뜬 보트에서는 연인에게 단 한 마디 '안녕'이라고 썼다.

그림엽서들은 내 손에 들려 있는 그 순간에만 잠에서 깨어나 어슴푸레한 빛 속에 떠올랐다. 그러다가 박스로 돌아가면 또다시 깊은 잠에 빠졌다.

나도 모르게 말했다.

"이상하죠. 전부 다 누군가를 위해 쓴 그림엽서인데 어째서 지금 여기 있는 건지⋯⋯"

"우체통에 들어갔던 편지를 쓰레기라고 태워버릴 순 없잖아? 설령 보낸 사람과 받는 사람이 죽은 뒤라도 말이야."

누나는 봉투들을 정돈하며 말했다.

"네."

나는 고개를 끄덕이고 그림엽서를 제자리에 놓았다.

누나는 소위 골동품을 취급하는 업자가 내용도 변변히 보지 않고 뭉텅이로 사 가는 것을 반기지 않았다. 수신자도, 내용도, 그림도 다르니 그것을 정말 원하는 사람 또한 다 다를 것이라고 생각하며, 집배원처럼 한 장 한 장 정확한 주소로 배달하려 노력했다. 결국 죽은 이보다 더 오래 산 물건들이

가는 길을 지켜본다는 점에서 누나와 레이스 상점 주인은 똑같았다.

"아, 손님이다."

그때 옆집 문을 여는 소리가 들렸다.

"저 손님은 늘 아주 많이 사시던데."

누나는 냉담한 척하면서도 늘 레이스 상점 주인에게 마음을 썼다. 나는 그녀가 동생을 얼마만큼 걱정하는지 잘 알고 있었다. 가게 문을 닫고 나서 2층 부엌에서 준비한 저녁 식사를 부지런히 옆집으로 날라다주는 그녀의 모습은, 아케이드에서 매일 일정한 시간에 볼 수 있는 풍경이었다.

"냄비에 든 이건 약한 불로 데워야 해. 불이 세면 타니까 안돼. 드레싱은 먹기 전에 잘 섞어. 브로콜리도 남기지 말고 다 먹고. 기름 묻은 식기는 다른 것하고 같이 포개놓지 마, 싫으니까. 하여간 몇 번을 말해도 안 지킨다니까. 아, 그리고……"

누나는 동생에게 하고 싶은 말이 얼마든지 있었다. 레이스 상점 주인은 그저 말없이 듣기만 했다.

그렇게 체형이 다른데도 두 사람은 나란히 서면 잘 어울렸다. 느낌이 아주 자연스럽고 안정감이 있었다. 누나의 일부가 레이스 상점 주인이고, 레이스 상점 주인의 일부가 누나인 것처럼 보였다. 남매란 곧 같은 어머니의 자궁에 들어 있었다는 것일지도 모른다. 나는 나름대로 그런 생각도 해보았다.

젊은이는 차분히 음미하며 카드와 봉투를 고른다. 카드의 감촉을 확인하고, 무늬에 시선을 떨어뜨리며, 이따금 부드럽게 미소 짓는다. 카드를 보낼 상대방을 떠올리며 그에 어울리는 물건을 고른다는 것을 표정으로 알겠다. 그의 모습은 가게 안의 빛, 그리고 종이가 자아내는 고요와 조화를 이룬다. 건장하고 다부진 체격이건만, 좁은 선반 사이를 돌아다녀도 조금도 공기가 흐트러지지 않는다.

누나는 카운터 뒤에 서서 눈부신 것을 대하듯 그를 바라보고 있다. 사실은 말 걸고 싶어 못 배기겠는 것을 애써 참고 있다. 입 다물고 있을수록 그가 이곳에 오래 있을 것이라고 믿는 것이다.

젊은이는 카드 몇 장을 고른다. 축하 카드가 있는가 하면 감사 카드도 있다. 심플한 비즈니스 용도의 카드가 있는가 하면, 낭만적인 디자인의 카드도 있다.

"많이 사는 손님은 좋은 손님이야."

언젠가 누나가 그렇게 말했던 게 생각났다. 돈벌이 이야기가 아니다. 편지를 많이 쓰는 사람은 그만큼 친구와 친척이 많다는 뜻이다. 그러니 그 손님은 행복한 인생을 살고 있는 좋은 사람이다.

모든 선반을 빠짐없이 살펴보며 필요한 매수를 고르고 디자인에도 만족한 젊은이는 카운터 앞에 선다.

"계산해드릴까요?"

누나는 젊은이를 올려다보며 그가 고른 카드를 깔끔하게 하나하나 키를 맞춘다. 카운터 위에 통통 작은 소리가 난다.

"아!"

그때 젊은이가 나직이 소리치더니 흠칫 놀란 표정으로 구석의 상자를 발견했다.

"옛날 그림엽서들이랍니다."

누나가 말했다. 젊은이는 고개를 끄덕이고 상자로 손을 뻗었다.

세상에 그림엽서라는 게 존재한다는 것을 처음 안 것은, 아직 학교에 들어가기 전인 대여섯 살쯤 됐을 때였다. 당시 아버지와 나는 한 달에 한 번 어머니를 만나러 멀리 떨어져 있는 요양 시설을 찾았다.

"어머니는 요양 중이란다."

아버지가 그렇게 설명해주었지만 나는 그 말을 도무지 발음할 수 없었다. 사정을 모르는 사람이 "엄마는 어디 가셨니?"라고 물으면 늘 "엄마는 요요 중이에요"라고 대답했다. 상대방은 무슨 뜻인지 몰라 곤혹했지만 나는 그것으로 만족했다. '요요'란 특별히 선택된 사람들만 참가할 수 있는 비밀 게임 같은 것이라고 생각하고 있었다.

요양소는 커브가 많은 강변도로를 버스로 끝없이 북으로, 북으로 달려간 작은 산간 촌락에 있었다. 종점에서 내려 계단식 밭 가운데 비탈길을 올라가면 느닷없이 훌륭한 대문이 나타난다. 거대한 소철을 둘러싼 진입로 너머가 어머니가 있는 곳이었다. 낡은 2층 철근 콘크리트 건물에 똑같이 생긴 창문이 줄줄이 있었다.

아무에게도 말한 적 없지만, 나는 그곳에 가는 것을 별로 좋아하지 않았다. 차멀미 때문에 늘 속이 메슥거리는 데다, 뾰족뾰족한 가지를 한껏 펼치고 내 머리통보다 크고 못생긴 열매를 달고 있는 소철이 괴물 같아 무서웠기 때문이다. 열매가 내 머리 위로 떨어질까 봐 무서워서 아버지의 손을 잡고 눈을 꼭 감아야만 현관을 통과할 수 있었다. 내게는 어머니를 만날 수 있다는 것보다 멀미와 소철이 더 큰 문제였다.

어머니의 방은 2층 복도 막다른 곳에 있었다. 기다란 방은 벽 쪽에 놓인 침대와 책상, 수납함, 소독약이 든 대야만으로 가득 찰 만큼 좁았다. 모든 게 정해진 위치를 지키고, 규율을 어기는 것은 아무것도 없고, 바닥은 구석구석 잘 닦여 있었다. 조그만 창문 밖으로는 푸른 계단식 밭이 펼쳐져 있었다. 소철이 보이지 않아 다행이다. 밤새 그 뾰족뾰족한 가지를 뻗어 어머니에게 나쁜 짓을 했다간 큰일이니까, 하고 생각했다.

그런 걱정을 했으면서도 나는 어머니에 관한 기억이 별로 없다. 기억나는 것이라곤 잠옷이 칠성무당벌레 무늬였다는 것과 책상 구석에 콜드크림 통이 동그마니 놓여 있었던 것 정도다.

어머니는 우선 나를 머리맡에 앉히고 "많이 컸구나" 하며 머리를 쓰다듬었다. 그러고는 헝클어진 머리를 브러시로 빗어 땋아주었다.

하지만 나는 10분도 못 되어 소독약 냄새가 견딜 수 없어지고, 널따란 요양소를 탐험하고 싶어 안절부절못했다.

"아버지, 가도 돼요?"

나는 나름대로 최대한 참은 뒤 아버지에게 물었다.

"위험한 곳엔 가면 안 된다."

아버지 말을 끝까지 듣기도 전에 병실을 뛰쳐나갔다. 아쉬운 듯 쓸쓸한 미소를 띠고 있을지도 모르는 어머니를 돌아보지도 않았다.

"할아버지도 요요 중이에요?"

빗자루로 안마당을 쓸고 있는 관리인을 만난 것은 1층 식당과 전화실과 세탁실을 탐험하고 로비에서 밖으로 나온 직후였다.

"아니다."

어째선지 그 사람은 '요요'라는 말을 듣고도 난처한 표정을 짓지 않았다.

"그렇게 큰 차이는 없지만, 응, 역시 요요 중은 아니지. 청소 중이야."

걸음걸이는 불안정하고, 허리는 살짝 굽었고, 너무 말라 뼈가 앙상한 게 작업복 너머로도 보였다. 목소리는 잠기고, 곱슬머리는 마구 헝클어지고, 눈만 커다란 주름투성이 얼굴은 살빛이 칙칙했다. 하지만 빗자루를 든 손은 든든하고, 일도 꼼꼼했다. 안마당의 낙엽을 빠짐없이 네 귀퉁이로 쓸어 모아놓아,

빗자루 자국이 땅바닥에 아름다운 무늬로 남아 있었다. 화단의 꽃은 규칙적인 직선을 그렸다. 병실도, 안마당도 청결한 것은 이 할아버지 덕분이라는 것을 어린 나도 알 수 있었다.

"청소 끝나면 뭐 해요?"

"이것저것 하지."

"이것저것?"

"쓰레기를 태운다든지, 시트를 세탁소로 보낸다든지, 147호 자물쇠를 고친다든지…… 그 정도."

"힘들어요?"

"그렇지도 않아. 벌써 40년 가까이 한 일이니까."

"계속 여기서요?"

"그래, 계속 여기서."

"싫증 안 나요?"

"아직까진 괜찮은 것 같구나."

"일이 전부 끝나면 집에 가요?"

"집은 여기 있어. 사무실 옆 숙직실에 살거든."

"에이, 그럼 할아버지도 역시 요요 중인 거네요."

낙엽을 자루에 넣고, 화단에 물을 주고, 청소 도구를 헛간으로 치우는 동안 나는 관리인을 따라다니며 계속 말을 시켰다. 할아버지는 귀찮아하는 눈치도 보이지 않고 가끔 일손을 멈추고 대답해주었다. 도중에 환자가 지나가면 옆으로 비켜서서 목례했다.

"아, 그렇지, 이다음 할 중요한 일은 우편물 분류였어. 너도 오겠니?"

관리인은 불현듯 생각난 것처럼 말했다.

"네."

나는 망설이지 않고 대답했다.

하지만 금세 후회해야 했다. 우편함은 대문 옆에 있어서 그곳으로 가려면 소철 앞을 지나야 했기 때문이다. 나는 또다시 눈을 꼭 감고 관리인에게 손을 잡아달라고 했다. 싸늘하고 축축하고 뜻밖에 아버지보다 큰 손이었다. 손이란 사람에 따라서 이렇게 다르구나 하는 생각이 들었다.

"자, 눈을 뜨렴. 무서워할 것 없다."

관리인의 말에 눈을 떠보니 그는 꽉 찬 우편함을 재주 좋게 한 손으로 들고 있었다.

나는 관리인이 숙직실 사무용 책상에서 우편물을 분류하는 것을 흥미롭게 구경했다. 적어도 안마당 청소보다는 가슴 두근거리는 작업이었다. 노안경 탓인지 그의 표정도 진지해 보였다. 먼저 잡다하게 쌓인 우편물을 세 무더기로 나누고 거기서부터 또 세분화했다. 큰 것, 작은 것, 흰색, 갈색, 두꺼운 것, 얇은 것, 다양한 생김새의 우편물이 있었다. 40년에 걸쳐 이룩해온 확고한 양식이 거기 존재해, 관리인의 손은 거침없이 적확하게 움직였다. 받는 이 이름을 척 보기만 해도 어느 그룹인지 알고 책상 위의 정해진 위치로 보냈다.

"크기에 따라 나누는 게 아니에요?"

"그렇지 않아. 크기엔 별 의미가 없어. 작은 엽서도 소중한 편지란다."

"그렇구나."

"중요한 건 누구한테 왔느냐 하는 거니까 그걸 틀리지 않게 나누는 거야. 의사 선생님 앞으로 온 것, 간호사 선생님 앞으로 온 것, 영양사 선생님, 1층 서쪽 병동 환자분, 2층 동쪽 병동 환자분, 퇴원한 환자분…… 이젠 여기 없는데 가끔 그걸 모르고 편지가 오거든."

관리인은 그 편지를 책상 왼쪽 끄트머리에 특히 정중하게 놓았다.

책상에 선을 그어 놓은 것도 아닌데 우편물들은 가로 4, 세로 3으로 구획이 나뉜 칸 안에 말끔하게 놓였다. 여러 통이 쌓여 무더기를 이룬 칸이 있는가 하면, 한 통밖에 없는 쓸쓸한 칸도 있었다.

숙직실은 어머니의 병실과 다를 바 없이 좁았고, 붙박이 가구가 무미건조한 것도 창이 작은 것도 똑같았다. 40년씩이나 이곳에 살았다는데 생활용품은 그다지 눈에 띄지 않았다. 먹다 남은 과자 봉지나 여행지에서 기념품으로 산 예쁜 장식품, 가족사진처럼 어린애의 시선을 끌 만한 것은 아무것도 없었다. 그중 유일하게 두드러진 것은 벽에 옷걸이로 걸어 놓은, 세탁소에서 방금 돌아온 듯한 작업복이었다. 빳빳하게 풀 먹인 작업복만이 살풍경한 방에서 얼마 안 되는 생기를 발하고 있었다.

"할아버지, 애들은요?"

"없다."

"부인은요?"

"없어."

"아버지랑 어머니는요?"

"돌아가셨지."

"그렇구나."

대답은 아주 짧막했지만, 불쾌한 표정은 아니고 그저 우편물 분류에 한층 집중하는 것 같았다.

관리인의 손놀림으로 보건대 우편물이란 아주 중요한 것인 듯했다. 그는 편지든 엽서든 글씨에 손이 닿지 않도록 손가락으로 양 끄트머리를 집었고, 무더기에 올려놓을 때도 괜한 힘을 주지 않았다. 보는 것은 받는 이 이름뿐, 흥미 본위로 보낸 사람을 확인한다든지 내용을 읽지 않고 모든 우편물을 평등하게 다루었다.

"됐다."

어느새 사무용 책상 위에 우편물로 이루어진 건축물이 완성되어 있었다.

"할아버지한테 온 편지는 없어요?"

나는 물었다. 관리인은 헛기침을 한 번 하고는 흘러내리는 노안경을 들어 올리고, 마지막으로 한 장 남아 있던 그림엽서를 내게 내밀었다.

"여기 있지."

"아아, 다행이다. 할아버지한테 온 편지가 한 통도 없으면 불쌍하잖아요."

"걱정해줘서 고맙다."

관리인은 말했다.

"편지 잘 받았어. 건강한 것 같아 안심했단다. 소포로 장갑 (어젯밤 드디어 완성했거든)과 네가 좋아하는 것 몇 가지(설탕이 든 코코아 깡통, 박하 초콜릿, 혹시 백화점에 있으면 올리브 초절임도)도 준비해서 보내마. 날이 추워졌는데 부디 건강 조심하길. 오로지 그것만을 기도하고 있어."

관리인은 나를 위해 내용을 읽어주었다. 누나가 보낸 그림엽서였다. 내 또래의 어린 누나와 남동생이 예쁘게 차려입고 어린이 방에서 놀고 있는 그림이 그려져 있었다. 나팔과 옷 갈아입히는 인형, 나무 블록, 오르골 등 재미있을 것 같은 장난감이 뭐든 다 있었다.

"나도 이렇게 다정한 언니가 있으면 좋겠다."

코코아와 초콜릿이라는 말에 마음을 빼앗긴 내가 그렇게 말하자, 관리인은 부끄러운 듯 미소 지었다.

"봐라, 이렇게 많단다."

사무용 책상 서랍을 열자, 비슷한 엽서가 그 안에 꽉꽉 들어차 있었다. 한 장도 빠짐없이 누나가 보낸 엽서였다. 40년이라는 세월의 축적이 서랍 안에 몰래 감추어져 있는 듯했다.

하지만 그것들은 전부 관리인이 자신에게 보낸 그림엽서였다.

"어?"

나는 순간적으로 어떻게 된 일인지 이해가 되지 않았다.

"사실 누나는 없어. 없지만 있다고 생각하고 그림엽서를 쓰는 거다. 내 앞으로…… 이상하냐?"

나는 황급히 고개를 흔들었다.

"매일매일 우편물을 분류하는데 나한테 온 편지가 하나도 없으면 서운하니 말이지."

"집에 가면 제가 할아버지한테 엽서 보낼게요."

왜 그런 약속을 하는지 스스로도 잘 모르는 채, 나도 모르게 그런 말을 했다. 어떻게든 이 할아버지를 자신에게 편지를 쓴다는 기묘한 처지에서 구해내야 한다고 이유 모를 결심을 하고 있었다.

"그래서 내달에 여기 또 오면 제가 보낸 그림엽서를 같이 발견하는 거예요. 우리 그렇게 해요."

"그러자, 그거 기대되는구나."

관리인은 노안경을 벗고 내 머리를 쓰다듬었다. 그러고는 떨리는 손가락으로 그림엽서가 접히지 않게 주의하며 꽉 찬 서랍 속에 이럭저럭 엽서 한 장분의 빈틈을 만들어 누나의 엽서를 보관했다.

그러나 나는 약속을 지키지 않았다. 관리인에게 그림엽서를 보내지 않았고, 요양 시설에도 두 번 다시 가지 않았다. 어머니가 돌아가셨기 때문이다. 게다가 당시 나는 아직 글씨를 쓰지도 못했다.

어머니의 죽음을 이해하기까지 시간이 꽤 많이 걸렸다. 슬퍼하기 위해 필요한 말을 배워 그것이 가슴속에서 흘러넘친 순간, 나는 후회에 사로잡혔다. 어째서 요양소에 가기 싫다고 생각했나, 어째서 어머니 방에 더 오래 있지 않았나, 나 때문에 어머니가 죽은 것은 아닌가. 계속 그런 생각을 하며 울었다.

울다 보면 늘 관리인의 감촉이 되살아났다. 우편물을 한 통씩 정확하게 분류하던 주름투성이 손이었다. 자, 눈을 뜨렴, 하고 관리인이 말했다. 그림엽서를 쓰겠다는 약속을 어겨서 죄송해요, 하고 내가 울먹이며 사과하자 무서워할 것 없다, 하고 말했다.

젊은이는 박스에서 그림엽서를 꺼낸다. 한 장 읽고 되돌려 놓은 다음 또 한 장 읽어본다. 글씨에 손이 닿지 않도록 양 끄트머리를 손가락으로 조심스레 잡는다. 관리인과 똑같은 손놀림이다.

얼마 뒤 그는 흡사 누가 자신에게 보낸 것처럼 특별한 애착이 느껴지는 한 장을 만난다.

'자, 눈을 뜨렴. 무서워할 것 없다'

누가 누구를 위해 썼는지, 그림엽서에는 이렇게 달랑 한 줄 쓰여 있다.

"이것도 주세요."

젊은이는 카운터에 엽서를 놓는다.

"감사합니다."

누나는 한 번 더 카드의 키를 맞춘다.

젊은이는 타고난 다정함과 젊음과 현명함으로, 편지를 많이 쓰고 그보다 더 많은 편지를 받는 인생을 산다. 어쩌면 그중에는 관리인이나 내 어머니, 그 밖의 많은 이들이 작은 불운 탓에 받지 못했던 편지도 들어 있을지 모른다. 종이 상점 시스터의 규칙에 따르자면, 그것은 좋은 인생이다.

손잡이 씨

손잡이는 어디까지나 조역, 괜히 나서지 않고 단순한 일을 맡아 하는 도구,
이쪽과 저쪽을 연결하는 조그만 돌기에 지나지 않는다는 게
손잡이 씨의 방침이었다. 문손잡이들은 그런 그녀의 생각을 체현하듯
손님의 손에 잡힐 때가 오기를 참을성 있게 기다리고 있었다.

의안 상점 주인이 눈알을 넣고 끝마무리를 한 자바애기사슴의 박제를 배달하러 대학교 사체 과학 연구실에 갔다. 의안 상점 물건을 배달할 때는 특히 신경을 쓴다. 만에 하나라도 잃어버린다든지 포장이 찢어져 속에 든 것이 삐져나오기라도 했다가는 물건이 물건인 만큼 문제가 생길 수 있다. 게다가 박제는 의외로 쉽게 망가진다. 다른 사람과 살짝 부딪치기만 해도 손상을 입는다. 배달하는 물건이 자바애기사슴이면 더더욱 주의를 게을리할 수 없다.

드디어 자바애기사슴을 납품한다는 말을 들었을 때는 아쉬웠다. 의안 상점의 마스코트인 토끼 래빗과 함께 쇼윈도에 세

워놓으면 얼마나 귀여운 콤비일까 꿈꾸었는데, 역시 그렇게는 안 되는 모양이다.

자바애기사슴은 이름대로 몸길이가 40센티미터쯤 되는 아주 작은 사슴이다. 동남아시아 맹그로브숲에 산다. 짙은 갈색의 타원형 몸통에 믿기지 않을 만큼 가느다란 다리가 네 개 붙어 있다. 그 가느다란 다리가 존재 전부를 상징하는 것 같기조차 하다. 근육 같은 것은 없고, 소박하고, 조신하고, 앳되다. 소목이라는 이름에 부끄럽지 않게 발굽이 있기는 한데, 대지를 박차고 달리는 것과는 거리가 멀고 그저 땅에 발자국을 살짝 남기는 데 불과하다. 부디 저는 신경 쓰지 마시고 처음부터 없었던 것으로 생각해 주세요, 라고 하는 듯한 걸음걸이이다.

"신입 사육사가 청소하다가 실수로 양동이를 넘어뜨리는 바람에, 그 소리에 놀라 충격 받고 죽었다더라."

의안 상점 주인에게 그 말을 들은 순간, 뚝 하고 다리가 부러지는 슬픈 소리가 들린 듯했다.

하지만 박제가 된 자바애기사슴은 네 다리로 멀쩡하게 서 있었다. 두 귀를 좌우로 기울이고, 콧구멍을 벌리고, 얼굴 절반을 차지하는 새까맣고 커다란 눈으로 어딘가 먼 곳을 응시하고 있었다. 의안 상점 주인이 만든 눈은 한없이 깊었고, 바닥 깊은 곳 한 지점에 빛을 담은 채, 육중하게 발자국을 남기는 동물에게는 보이지 않는 어떤 것을 비추고 있었다. 살아 있을 때 모습 그대로, 가장 부패하기 쉬운 것이었을 때 모습 그대로, 촉촉했다.

두 팔로 박제를 안고 페페를 데리고 거리를 걸어갔다. 아케이드를 나서자 페페는 점잔 뺀 표정으로 마치 어디 가는지 안다는 양 진행 방향만 보고 걸었다. 이따금 어린애가 다가와서 쓰다듬어줘도 그저 얌전히 있을 뿐, 스스로 어떻게 하지는 않았다. 배달 조수로서 임무를 충분히 이해하고 있었다.

박제는 종류를 막론하고 들고 다니기에 적합하지 않았다. 품에 쏙 들어앉는 사례가 결코 없고, 늘 어딘가가 비뚤름하게 튀어나왔다. 그들은 본래 누구의 도움도 받지 않고 혼자 힘으로 서 있을 수 있으니, 어떻게 포장하고 운반해도 부자연스러워지는 것은 어쩔 수 없었다. 하지만 내 행동이 아무리 보기 흉해도, 내가 든 것에 관심을 보이는 사람은 아무도 없었다. 그게 자바애기사슴이라는 것을 아는 사람은 아무도 없었다.

사체 과학 연구실은 대학 캠퍼스 북쪽 변두리, 물풀로 뒤덮인 수영장 뒤쪽에 있었다. 그곳에는 생물의 진화를 연구하기 위해 온갖 종류의 동물 사체가 모여 있었다. 접수처를 지나 바로 나오는 복도 한구석에 큰개미핥기의 두개골과 느림보로리스의 모피, 오리너구리의 부리가 뒹굴고 있었다. 그곳에 이르자 발걸음이 가벼워진 페페는 "장난치면 안 돼" 하고 주의를 주는 내 목소리도 귀에 들어오지 않는 듯 사체들에 바짝 다가갔다.

나는 연구실 문을 노크하고 들어가 선생님에게 자바애기사슴을 건넸다.

"수고했어요."

선생님은 그렇게 말하며 포장지를 뜯고 박제를 점검했다. 특히 눈은 어루만져보고 눌러보고 하며 꼼꼼하게 확인했다. 자바애기사슴은 그동안 책상 위에 서서 얌전히 몸을 맡기고 있었다. 이따금 발굽이 책상을 치는 톡 소리가 어렴풋이 들렸다.

"좋습니다."

선생님은 만족해서 영수증에 서명했다. 나와 페페에게는 끝내 한 번도 눈길을 돌리지 않아서, 페페는 덕분에 포르말린에 담근 기린 심장을 유리 너머로 실컷 할짝할짝 핥을 수 있었다.

돌아오는 길, 짐이 없는 만큼 개운해야 하는데 오히려 어쩐지 마음이 불안했다. 사체를 떠나보내기 무섭게 몸의 중심이 묘하게 어긋나는 바람에, 그 불균형한 박제가 내 윤곽을 유지하는 데 얼마나 큰 역할을 했는지 깨달았다. 자바애기사슴의 다리 감촉이 아직 두 손에 남아 있었다. 제발 발자국이 남지 않게 해주세요, 하고 기도하듯 한 발짝 한 발짝 디딘 발굽의 형태가 내 안에 뚜렷이 새겨져 있었다. 길 가는 사람들보다 충격으로 죽은 자바애기사슴이 더 친근하게 내 곁에 있었다. 페페는 또다시 점잖 뺀 얼굴로 돌아와 한눈팔지 않고, 꼬리도 흔들지 않고 아케이드를 향해 열심히 걸었다.

"손잡이 씨, 잠깐 괜찮아요?"

"그럼."

돋보기를 들고 신문을 읽던 손잡이 씨는 여느 때처럼 대답했다.

"고맙습니다. 그럼 잠깐 실례할게요."

나는 가게 안쪽 오른편으로 난 작은 문을 열었다.

손잡이 씨는 아케이드에서 가장 나이가 많았다. 대체 몇 살인지 아무도 분명히 알지 못했다. 내가 철이 들었을 즈음 이미 할머니였다. 눈이 나쁜 것도, 가는귀를 먹은 것도, 가마 있는 부분만 가발인 것도 당시와 변함없이 카운터 뒤 동글 의자에 앉아 있었다.

손잡이 씨는 문손잡이 전문점 주인이었다. 손잡이를 파는데 그 밖에 무슨 이름이 있을 수 있다는 말인가, 하는 식으로 다들 손잡이 씨라고 불렀다.

문손잡이는 양쪽 벽에 설치된 판자에 붙여놓아 하나하나 실제로 돌려볼 수 있었다. 대략 가로세로 30센티미터 넓이의 판자 하나에 문손잡이 하나를 붙이고 경첩도 붙여놓아, 여닫는 느낌을 확인할 수 있었다. 단, 파이프가 지나는 기둥의 튀어나온 부분만은 구조를 활용해 한 사람이 가까스로 지날 수 있는 크기의 문을 달아놓고 손잡이 씨가 특히 아끼는 문손잡이(수사자 머리가 근사하게 조각되어 있는 백랍제)를 붙였다. 지쳤을 때, 어쩌면 좋을지 알 수 없을 때, 풀이 죽었을 때, 견딜 수 없는 기분일 때 나는 종종 그 문손잡이를 돌리고 속에 있는 작은 공동에 몸을 욱여넣었다. R가 죽었을 때도, 아버지가 돌아가셨을 때도 그곳에 한동안 있었다.

그곳은 결코 방이 아니고, 헛방도 아니고, 당연히 의자라든지 전등, 양탄자도 없는, 그저 문손잡이를 위해 존재하는 어둠이었다. 세계의 우묵한 구멍 같은 아케이드에 숨겨진 또 하나의 우묵한 구멍이었다. 그곳에 주저앉아 몸을 둥글게 말고 무릎 사이에 얼굴을 파묻고 있으면, 올바른 위치에 쏙 들어간 것처럼 몸이 편안했다. 거리를 걸으면서 옅게 흐릿해졌던 속 알맹이가 다시 응축되는 듯했다. 페페도 꼭 같이 들어와서는 틈새가 없을 듯한 곳에 재주 좋게 파고들어 내 엉덩이와 다리 사이에 몸을 말고 누웠다.

어렸을 때는 관절이 삐걱삐걱 쑤실 지경이었는데, 어느새 좁은 게 신경 쓰이지 않게 되었다. 몸이 자라고 페페까지 있으니 더 좁은 게 당연하건만, 구멍과 몸의 라인이 조화를 이루고 어둠은 우리를 보듬어주었다. 어디에도 무리가 없었다.

나는 언제까지고 가만히 있었다. 그곳은 가만히 있기 위한 장소이니 그것으로 충분했다. 아아, 내게 이렇게 딱 맞는 곳이 있으니 안심된다 하는 기분이었다. 어둠 속은 덥지도 춥지도 않고, 먼지 하나 없었다. 그저 희미하게 비누 냄새가 날 뿐이었다. 수사자의 가호를 받으며 나는 자바애기사슴의 명복을 마음껏 빌 수 있었다.

"고맙습니다, 손잡이 씨."

그녀는 조금 전과 똑같은 자세로 신문을 읽고 있었다. 땅거미에 젖기 시작한 가게 안에서 등이 굽은 조그만 실루엣과

백발을 동그랗게 하나로 틀어 올린 모습은 문손잡이들과 구별되지 않았다. 아케이드의 상점 주인들은 모두 자신의 상품과 친애의 정으로 깊이 맺어져 있어 본인조차 상품 같은 분위기를 띠곤 하는데, 손잡이 씨는 지내온 세월의 길이가 다르다보니 더 말할 것도 없었다. 동그랗게 틀어 올린 머리를 살짝쥐면 손잡이 씨 너머에 생각지도 못한 조그만 구멍이 나타날것 같았다.

"그래."

쓸데없는 말을 하지 않는 게 또 문손잡이 상점 주인다웠다. 손잡이는 어디까지나 조역, 괜히 나서지 않고 단순한 일을 맡아 하는 도구, 이쪽과 저쪽을 연결하는 조그만 돌기에 지나지않는다는 게 손잡이 씨의 방침이었다. 문손잡이들은 그런 그녀의 생각을 체현하듯 손님의 손에 잡힐 때가 오기를 참을성있게 기다리고 있었다. 소재는 유리, 놋쇠, 니켈, 청동, 도기, 스틸 등 다양했고, 어떤 손을 가진 손님도 필요한 손잡이를 찾을 수 있도록 온갖 형태가 갖추어져 있었다. 구체가 있는가 하면 타원도 있고, 매끌매끌한 게 있는가 하면 들쭉날쭉 컷을 넣은 것도 있었다. 문장이나 동식물이 조각된 것도 있었다. 생김새뿐 아니라 돌릴 때의 느낌도 각각 다 달랐다. 손님들은 대개 모든 문손잡이를 돌려보았다. 자신이 찾는 타입이 아닌 상품도 무심코 잡고 돌려보고 싶어지는 분위기가 그곳에 있었다. 사양하실 것 없어요, 손잡이를 돌려서 그 너머에 뭐가 있는지 보셔도 된답니다, 하고 속삭이는 듯한 분위기였다. 어느 손잡이를 돌리든 그 너머에 있는 것은 그저 어둠뿐이었지만.

그리고 손님은 마지막으로 반드시 수사자 조각이 붙은 백랍 손잡이를 쥐었다. 손잡이 씨가 아무 말 하지 않아도 그들은 그 손잡이가 특별하다는 것을 아는 듯했다. 손잡이는 많은 이들이 잡은 탓에 땀과 피지로 반들반들 변색되었고, 갈기와 엄니는 살짝 닳아 한층 흐릿한 빛을 띠고 있었다. 손님들은 왜 그런지 모두 신중했다. 다른 손잡이와는 어쩐지 돌아가는 느낌이 다른 듯했다.

"호오……"

문 너머를 보면 그들은 모두 조그맣게 탄성을 질렀다. 아무것도 없는데 뭐가 있는 것처럼 순간 유심히 응시했다. 그러고는 결심이 선 것처럼 자신이 사야 할 손잡이를 가리켰다.

이상하게도 수사자 조각이 붙은 백랍 손잡이를 사겠다고 하는 손님은 한 명도 없었다. 그 손잡이는 몇십 년이나 같은 곳에 있으면서 이쪽과 우묵한 구멍을 연결할 뿐인 역할을 다했다.

이따금 구멍에 들어가도 되느냐고 조심스레 묻는 손님이 있었다.

"물론이죠."

거기 들어가고 싶어 하는 사람이 간혹 있답니다. 당신만이 아니니까 조심스러워하실 필요 없어요, 하는 어조로 손잡이 씨는 대답했다. 손잡이 씨는 손님이 몇십 분씩이나 나오지 않아도, 결국 손잡이를 하나도 사지 않고 그냥 가도 아랑곳하지 않았다. 원하는 만큼 구멍에 몸을 담그고 있을 수 있도록 잠자코 내버려두었다.

맨 처음 그곳을 발견한 사람은 나였다. 나는 울고 있었다. 얼굴도 손도 끈적끈적하고, 몸 둘 곳이 없었다. 정신을 차려 보니 어느새 구멍에 들어가 있었다.

어머니가 죽고 얼마 지나 이럭저럭 생활이 안정을 되찾기 시작했을 무렵, 아버지는 종이 상점 시스터 누나에게 나를 맡기고 물건을 들이러 가는 레이스 상점 주인을 따라 평생 단한 번뿐인 외국 여행을 떠났다.

"착하게 잘 지내면 선물을 사 가지고 돌아오마"라는 말만

믿으며 여드레 동안 참은 끝에 여행에서 돌아온 아버지에게
받은 선물이 연보라색 비누였다.

나는 태어나서 그때까지 그렇게 아름다운 물건을 본 적이
없었다. 손에 올려놓을 수 있을 만큼 조그만 비누에 꽃잎이 정
교하게 새겨져 있었는데, 투명한 것 같으면서도 속에 뭔가 숨
어 있는 듯한 비밀스러운 느낌이 감돌고, 스테인드글라스의
빛을 비추어보면 생각지도 못한 색으로 다양하게 변화했다.
금박으로 장식된 상자는 보석을 넣어놔도 이상하지 않을 만큼
우아했고, 속에는 폭신폭신한 솜이 깔려 있었다. 상자에서 꺼
내 살짝 만져본 것만으로도 오랫동안 손에서 향기가 사라지지
않았다. 나는 비누가 틀림없이 내 것이라는 사실을 확인하고
싶어서 몇 번씩이나 코로 가져가 냄새를 맡았다.

기쁜 나머지 비누를 치마 주머니에 넣고 온 아케이드를 뛰
어다녔다. 아버지가 무사히 돌아온 데다 이렇게 아름다운 물
건을 갖게 됐으니 가만히 있을 수 없는 기분이었다. 고리 집
앞에서 일직선으로 달려가 "어이쿠, 기운이 넘치는구나" 하
고 말을 걸어주는 손님의 목소리를 뿌리치고 안마당을 반 바
퀴 돌아 다시 고리 집 앞으로 돌아온다. 그것을 몇 번씩이나
반복했다. 그동안 비누는 주머니 안에서 달그락거리며 내게

만 은밀히 속삭였다.

몇 번째인지 모를 안마당 반 바퀴 돌기를 하는데 별안간 그 목소리가 끊어졌다. 다음 순간 비누가 땅에 떨어져서 돌에 부딪쳐 쪼개졌다. 나는 무슨 일이 벌어졌는지 이해하지 못하고 얼마 동안 발치를 내려다보았다. 그러고는 여전히 가쁜 숨을 몰아쉬며 쭈그리고 앉아 파편을 모았다. 하나도 빼놓지 않고 가루가 된 것까지 전부 모으면 다시 원상태로 되돌릴 수 있다고 믿는 양, 눈을 크게 뜨고 숨죽인 채 땅바닥에 엎드려 조각들을 주웠다.

하지만 손바닥에 올려놓은 그것은 이제 세상에서 가장 아름다운 것이 아니었다. 꽃잎은 뜯기고, 연보라색은 흙이 묻어 탁해지고, 더욱이 전날 밤 내린 비 때문인지 미끌미끌하게 녹은 조각까지 있었다. 냄새만은 변함없어서 그나마 다행이었다. 오히려 완전한 상태였을 때보다 더 짙은 향기가 났다. 나는 냄새가 그 이상 달아나지 않도록 모든 조각을 주머니에 소중히 넣었다.

그 뒤 어째서 손잡이 씨 가게에 가서 그녀가 보지 않는 틈을 타 구멍에 숨었는지 기억나지 않는다. 정신이 들어 보니 그곳에 앉아 있었다. 아버지를 볼 낮이 없다고 생각했는지,

절망해서 그랬는지, 좌우지간 나는 혼자 숨어 훌쩍훌쩍 울었다. 망가져버린 비누를 슬퍼하는 마음은 어느새 희미해지고, 대신 나를 덮친 것은 이게 좋지 못한 일이 생길 징조라는 생각이었다. 즉, 어머니처럼 아버지도…… 거기까지 생각했다가 나는 허둥지둥 고개를 흔들었다. 하지만 아무리 쫓아내려 해도 좋지 못한 생각이 뭉게뭉게 부풀어 올라 가슴을 짓눌렀다. 게다가 징조를 불러온 사람은 다름 아닌 나 자신이었다.

나는 몇 번이고 주머니에 손을 넣어 비누 파편을 만져보았다. 그때마다 이제 돌이킬 수 없다는 것을 실감했다. 어머니가 이제 두 번 다시 돌아오지 않듯, 비누도 원상태를 되찾지 못한다. 파편은 더욱 약해지고 부드러워져 손가락에 엉겼다.

구멍은 조용했다. 무음 상태는 아니고, 파이프를 지나는 공기의 기척이며 나를 찾는 듯한 어른들의 시끌시끌한 목소리는 들렸다. 하지만 그것들은 나와는 상관없는 머나먼 세계의 소리에 불과했고, 구멍을 가득 메우는 것은 역시 어디까지나 정적이었다. 어둠은 따뜻하고 물처럼 흐름이 있어서, 끈적끈적해진 손을 담그면 한없이 가라앉을 수 있을 듯했다. 그렇게 가라앉으면 언젠가 저쪽에 다다라 내가 저지른 잘못을 용서받을 수 있을지도 모른다. 나는 주머니에서 손을 빼 어둠에 팔을 뻗었다. 바로 그곳에 벽이 있어야 하는데, 아무것도 만져지지 않았다. 그저 어둠이 다정하게 몸을 감싸줄 뿐이었다. 수사자가 충실한 시종처럼 나를 호위해주었다.

그다음 정신이 들었을 때, 나는 내 방 침대에 누워 있었다.

"대체 왜 그런 곳에……"

"내가 한눈을 판 탓이야. 미안하네."

"어린애는 원래 상상도 못 할 곳에 숨고 그러는 법이야. 곧 잘 있는 일이라고."

"질식할 곳이 아니니 괜찮아."

"무사해서 다행이군."

어른들이 번갈아 침대를 들여다보며 저마다 뭐라 말하고 있었다.

"……뭔가, 안 좋은, 일이……"

나는 징조가 어떻게 됐는지 마음에 걸려 쉰 목소리로 물었으나, 어른들은 "저런, 가위에 눌리는구나. 가엾기도 하지."라며 얼음 베개를 가져오고 담요를 하나 더 덮어주는 등 엉뚱한 일만 했다.

주머니에 손을 넣으려다가 내가 어느새 잠옷으로 갈아입은 것을 알아차렸다. 비누 파편은 어디에도 보이지 않았고, 끈 적이던 손은 깨끗했다. 다만 향기만은 아직 남아 있어 비누가 깨진 게 꿈이 아니었음을 증명했다.

"아무것도 걱정할 것 없어."

아버지가 얼굴을 가까이 가져와 내 손을 잡았다.

"아아, 냄새가 좋구나."

아버지는 한껏 향기를 들이쉬며 눈을 가늘게 뜨고 말했다.

"비누는 망가진 게 아니야. 이렇게 좋은 냄새로 변신한 것 뿐이란다."

비누가 문제가 아니에요. 전부 망가질 거예요. 돌이킬 수 없는 어떤 일이 벌어질 거예요. 이건 징조가 틀림없어요. 게 다가 그 징조를 불러온 건 나라고요. 죄송해요, 용서해주세 요. 사실은 그렇게 말하고 싶었지만, 아버지가 하도 온화하게 웃고 있어서 결국 아무 말도 하지 못했다. 나는 다시 잠이 들 었다.

다들 내가 일으킨 작은 소동을 금세 잊어버렸다. 수사자 조 각이 붙은 백랍 문손잡이도, 그 너머 구멍도 그대로 남았다. 그 일이 있은 뒤 손잡이 씨는 매일 아침 그곳을 청소했다. 마침 안에 들어가보고 싶다고 부탁하는 손님이 드문드문 나타나기 시작했기 때문이다. 손잡이 씨는 쇼윈도보다도, 카운터보다도 그곳을 더 열심히 청소했다. 빗자루로 먼지를 쓸어내고 꽉 짠 물걸레로 구석구석 닦았다. 손잡이 씨는 결코 "안에서 대체 뭘 하는 건가요?" 하고 묻지 않았다. 그곳이 필요한 손님이 있으면 잠자코 제공할 뿐이었다.

나도 나 외의 다른 사람이 구멍 안에서 무엇을 하는지 전혀 몰랐다. 확인할 필요도 없었다. 수사자에 손을 뻗는 손님을 우연히 발견하면 그의 뒷모습을 향해 "내키는 대로 얼마든지 계세요" 하고 속으로 말했다. 나올 때는 모르는 척했다.

이제는 내가 보이지 않아도 아무도 걱정하지 않았다. 다들 또 그곳에 있겠지, 거기 있으면 안심이다, 하고 생각했다.

어느 날 길 잃은 어린 여자애가 아케이드에 나타났다. 손에 봉제 인형을 들고, 샌들이 당장이라도 벗어질 듯한 모습으로 훌쩍거리고 있었다. 체크무늬 멜빵 치마 밑으로 무릎이 보이고, 머리는 단정하게 땋았다. 봉제 인형은 하도 꽉 끌어안아서 그저 짙은 갈색 덩어리로만 보일 뿐, 무슨 동물인지 알 수 없었다. 눈물과 콧물로 범벅된 얼굴은 울고 있다기보다 의연하게 항의하는 것처럼 야무져 보였다. 이제 소리 내어 울지는 않았다.

고리 집 주인이 어머니를 찾아 전찻길로 뛰쳐나가고, 의안 상점 주인은 길을 건너 파출소로 갔다.

"저런, 길을 잃었냐? 그거 큰일이구나. 이름은 뭐지? 어디 살아? 지금쯤 어머니가 걱정하시겠어."

종이 상점 시스터 누나가 이것저것 말을 시켜봤지만, 소녀는 입술을 꼭 깨문 채 입을 열지 않았다. 눈물에 젖은 눈이 지금 자기 이름 같은 것은 중요하지 않다고 호소하고 있었다.

두 다리는 자바애기사슴 못지않게 가늘고, 샌들은 발자국조차 남기지 못할 만큼 조그맸다. 그래도 소녀는 똑바로 서 있었다. 밀려드는 절망을 내몰려고 눈조차 깜빡이지 않고 포석을 힘껏 딛고 서 있었다.

"추우니까 우리 가게 안에서 기다릴까."

나는 소녀의 손을 잡고 난방이 가장 잘 되어 있는 손잡이 씨 가게로 들어갔다. 소녀의 손은 내 손 안에 쏙 들어갔다.

"자, 여기 있는 손잡이들, 뭐든 다 돌려봐도 돼."

소녀는 처음부터 정하고 온 것처럼 주저 없이 그 손잡이를 골랐다. 손을 한껏 벌려 수사자의 머리를 쥐었다. 소녀는 두

려워하지도 않고, 망설이지도 않고 어둠 속에 몸을 담갔다. 페페가 문 앞에 둥글게 몸을 말고 누웠다. 손잡이 씨는 여전히 돋보기를 들고 신문을 읽고 있었다.

시간이 어느 정도 흘렀을까. 소녀의 이름을 부르는 어머니의 목소리가 아케이드 입구에서 들려왔다.

"네."

소녀는 기운차게 대답하며 어둠 저편에서 나왔다. 눈물은 이미 말랐다.

훈장 상점 미망인

훈장을 사들인다는 것은 그것에 깃든
다양한 기억도 함께 받아들인다는 뜻이었다.
미망인은 아직 그런 일에 익숙하지 않은 것일 수도 있었다.
하지만 훈장이 눈앞에 놓였을 때, 그것이 갈 곳을 잃고 어쩔 줄 몰라 하는 것을
감지하는 능력만은 훈장 상점 주인의 아내로서 갖추고 있었다.

훈장 상점 주인은 미망인이었다. 몇 년 전 남편이 갑작스러운 병으로 죽은 뒤, 얼마 안 되는 보험금과 연금으로 알뜰하게 꾸려나가고 가게는 정리하기로 결심했던 모양인데, 어째선지 지금도 꾸물꾸물 영업을 계속하고 있다. 단골손님이 새로운 가게를 만날 때까지, 재고가 없어질 때까지, 다음에 살 집을 찾을 때까지 등등 말하는 사이에 그만둘 때를 놓친 듯했다.

그녀는 남편이 건강했을 때 좀처럼 가게에 모습을 보이지 않았다. 가끔 남편이 자리를 비운 동안 가게를 볼 때도 그저 고개를 숙이고 열심히 뜨개질만 할 뿐, 손님이 오면 되레 난처한 표정을 지었다.

"죄송해요. 전 훈장에 대해 잘 몰라서요."

그런 영 미덥지 못하고 정직한 말을 해서 손님을 당혹하게 했다.

훈장 상점 주인답다고 할지, 남편은 시상식 애호가였다. 세계 대회에서 동네 여흥 수준에 이르기까지 스포츠뿐 아니라 발레, 당구, 바이올린, 마술, 투견, 술 시음, 사교댄스, 새 품평회…… 온갖 종류의 콘테스트, 콩쿠르의 시상식을 사랑했다. 가령 동네 주민회관에서 '어린이 오셀로 대회'가 열리면 아는 사람이 참가하는 것도 아닌데 몰래 나타나, 우승한 아이의 부모보다도, 어느 누구보다도 열심히 시상식을 지켜보았다.

그런 그가 가장 가슴 설레는 것은 올림픽 기간이었다. 올림픽이 시작되면 매일 시상식이 있으니 애호가인 그가 흥분하는 것도 무리가 아니었다. 4년에 한 번 그때가 돌아오면 남편은 안마당으로 라디오를 들고 나와(가게 안보다 전파 수신이 잘 되기 때문이다) 장사는 나 몰라라 하고 하루 종일 중계방송을 들었다. 덕분에 익숙지 않은 가게 일을 떠맡게 된 부인은 심기가 조금 불편했다.

"시상식이 어디가 그렇게 재미있는 거예요?"

어느 날 나는 무례하게도 그렇게 물었다.

"어? 아니, 그렇게 물으면……"

훈장 상점 남편은 난감한 표정을 지으면서도 라디오에 의식을 집중했다.

"경기가 훨씬 재미있잖아요."

"그래?"

"100미터 달리기라든지, 배구라든지, 가슴이 막 두근거리고 흥분되는걸요."

"응, 그건 그렇지."

"물론 딱할 정도로 지루한 경기도 있긴 해요. 예를 들면…… 카누라든지, 근대 5종이라든지. 그렇지만 그것도 시상식에 비하면 훨씬 볼만할 것 같은데요."

"100미터 달리기든 근대 5종이든 세계에서 으뜸이 된다는 건 여간 어려운 일이 아니야."

"네, 그거야."

"그걸 칭송하고 축복하는 게 시상식이지. 그러니까 시상식은 대단한 거야. 안 그러냐?"

남편은 티 없는 표정으로 말했다. 나는 하는 수 없이 고개를 끄덕였다.

그때 지지직 하고 잡음이 섞이면서 아나운서의 목소리가

멀어졌다. 남편은 허겁지겁 안테나를 움직이고 꼭지를 조절했다.

"이런 식으로 누가 대대적으로 칭송받는 자리에 있을 수 있다니, 그것만으로도 특별한 일 아니냐. 내가 모르는 사람이라도, 나 자신은 평생 칭송받을 일이 없으리란 걸 알고 있어도, 박수를 보내는 일 그 자체만으로도 행운이란 기분이 드는 거야."

겨우 잡음이 사라지고 실황 중계가 돌아왔다. 그레코로만형 레슬링인 듯했다.

"세 개의 메달은 쿠션이나 쟁반, 좌우지간 최상의 재료로 만든 특제 받침대에 받쳐져서 정중하게 운반돼. 메달들은 자기 차례가 돌아오길 엄숙하게 기다려. 넘어지거나 떨어뜨리기라도 했다간 큰일이지. 돌이킬 수 없어. 시상식에선 실수가 용납되지 않는 거야. 그러니까 다들 맡은 역할에 최선을 다한단다. 모든 게 정해진 대로 순조롭게 진행돼. 마치 한 움큼의 물이 최후의 지점을 향해 자연스레 흘러가듯 말이야."

남편은 구부정한 자세로 라디오에 얼굴을 더욱 가까이 가져갔다. 훈장 상점 앞에는 아무도 보이지 않고, 그저 뜨개바늘을 놀리는 부인의 실루엣이 유리문에 비칠 뿐이었다. 레슬

링은 76킬로그램급 결승전을 맞이한 듯 열기가 고조되어 있었다.

"세 선수의 목에 차례대로 메달이 걸려. 특제 받침대에 놓여 있던 메달이 선수의 목에 걸리는 순간 갑자기 생기 넘치게 보이니 참 신기하지. 드디어 영혼을 얻은 거야. 하지만 메달이 선수보다 튀는 일은 결코 없어. 가장 빛나는 건 물론 승자야. 메달은 그 점을 잘 이해하고 있어. 자기는 이 사람이 승자입니다, 하고 가리키기 위한 조그만 표지에 불과하다는 걸 알아."

마치 자신의 훈장 상점에서 메달을 만든 듯한 말투였다. 나는 "그렇군요" 하며 고개를 끄덕이고 결승전의 행방에 귀를 기울였으나, 어느 나라의 어떤 이름을 가진 선수가 싸우는지, 어느 쪽이 우세한지 잘 들리지 않았다.

"이윽고 한순간 정적이 찾아들어."

남편의 이야기는 계속되었다.

"관객들은 기립해서 모자를 벗고 게양대를 쳐다봐. 그곳엔 예복을 입은 군인들이 정렬해 국기를 받들고 있어. 드디어 국가 제창과 국기 게양의 순간이야. 바보 같다는 건 알아도 어디 먼 곳에 있는 작은 나라가 메달을 따면 살짝 걱정된단 말이지. 국가가 있을까 싶어서. 하지만 걱정할 필요 없어. 바베

이도스에도, 몰도바에도, 마케도니아에도 물론 국가가 있어. 국기가 천천히 올라가. 군인들이 경례하고, 선수들 가슴에선 메달이 빛나고 있어. 좀 전에 걸었는데도 꼭 오랫동안 거기 매달려 있었던 것처럼 자연스러워 보여. 손바닥에 얹을 수 있을 만큼의 무게로 승자를 예찬해."

훈장 상점에서도 메달을 판매했다. 동네 운동회나 피아노 발표회에서 주문이 들어올 때가 있는가 하면, 유족이 처치 곤란해서 가져온 예전 휘장, 계급장, 방패 모양 문장, 트로피, 전승 기념 메달 등을 매입해 골동품으로 파는 경우도 있었다. 승자의 표지였던 것을 승자도 아닌 사람에게 팔면 좀 쓸쓸하지 않나, 물론 올림픽 메달이 여기 아케이드로 흘러들 일은 없겠지만. 나는 내심 그렇게 생각했지만 잠자코 있었다. 갑자기 한층 큰 환성이 일어 승패가 가려진 것을 알았다.

"자, 이제 시상식이다."

남편은 자세를 바로 하고 조심스레 안테나 방향을 조정한 뒤 음량을 한 단계 더 키웠다. 스피커 너머는 아직 흥분과 열광에 휩싸여 있는 듯했다. 남편은 스피커를 쳐다보며 혼란이 수습되고 엄숙한 규율의 시간이 찾아오기를 꼼짝 않고 기다렸다.

어느 날 과묵한 초로의 남자가 훈장 상점에 나타났다.

"이걸 사지 않으시겠습니까?"

그렇게 말하며 코트 주머니에서 조그만 훈장을 아무렇게나 꺼냈다. 군청색 가죽 케이스에 들어 있었는데, 오랜 세월 방치되어 있었던 듯 걸쇠가 녹슬고, 리본은 벌레 먹었고, 정체를 알 수 없는 부슬부슬한 뭔가가 들러붙어 있었다. 얼굴을 가까이 가져가면 불쾌한 냄새가 날 것 같았다.

"죄송합니다만 저희는 이제 매입을 하지 않아요. 머잖아 가게를 정리할 생각이라……"

미망인이 대답했다.

하지만 남자는 꿈쩍하지 않았다. 대답도 하지 않고, 표정도 달라지지 않고, 그저 우두커니 서 있었다. 나와 페페는 가게 구석에서 얌전히 지켜보고 있었다.

"금액은 얼마라도 상관없습니다. 비싸게 쳐주지 않으셔도……"

남자는 훈장을 조금이라도 멀리 떼어놓으려 하듯, 손가락으로 케이스를 부인 쪽으로 밀어냈다. 남자는 몸집이 작고, 얼굴색이 좋지 못하고, 관절염이 있는지 동작이 부자연스러웠다. 칙칙한 색깔의 낡은 코트는 팔꿈치와 등에 보풀이 일었다.

미망인은 막무가내인 손님의 태도에 떠밀려 일단 훈장을 들어보았다. 조심스레 집어 손바닥에 올려놓으니 부슬부슬한 가루가 카운터로 떨어졌다. 훈장은 팔각형 꽃잎 모양으로, 암적색 꽃잎에 은으로 가장자리를 둘렀고 중앙에 문장 같은 게 조각되어 있었다. 같은 암적색과 회색의 줄무늬 리본에는 가슴에 달기 위한 핀이 꽂혀 있었는데, 녹이 슬어 리본이 한층 초라해 보였다.

"상태가 많이 안 좋네요."

미망인이 보이는 그대로 감상을 말했다.

"아버지 유품이라 말이죠."

남자는 중얼거렸다.

"상당히 명예로운 훈장 같은데요."

"안 팔리는 시인인데 오래 살긴 했기 때문에 달랑 이런 거 하나 남은 겁니다."

"소중한 유품을 팔아도 되시겠어요?"

미망인이 물었다.

"버리는 것보다는 낫겠죠."

남자는 카운터를 외면하고 자기 발치를 내려다보며 대답했다. 비가 오는 것도 아닌데 구두 뒤꿈치와 바지 밑자락에 진흙이 묻었다.

"아버님 존함이 어떻게 되시는지요?"

미망인의 질문에 남자는 무뚝뚝하게 이름 하나를 댔다.

"아는 사람은 아무도 없습니다. 이미 오래전에 잊혔죠. 아무도 시 한 줄, 제목 하나 기억하지 않아요."

나는 시인의 이름을 속으로 세 번 반복하고 기억에 새겼다. 페페가 앞발을 꼬고는 그 위에 턱을 얹고서 하품을 했다.

미망인은 우격다짐이나 다름없는 남자의 태도에 못 이겨 훈장을 매입하기로 하고 가격을 제시했다. 남자는 고마워하지도 않고 안도한 표정을 짓지도 않고, 미망인에게서 받은 돈을 훈장을 꺼냈을 때와 똑같은 동작으로 주머니에 쑤셔 넣었다. 그러고는 훈장에 작별의 눈길조차 주지 않고 밖으로 나갔다. 미망인은 카운터에 남은 부슬부슬한 가루를 천천히 바닥으로 털어냈다.

"매입을 부탁하러 오는 손님이 있으면 늘 약간 지치거든."

미망인이 말했다.

"그러니까 가게를 얼른 정리하면 좋을 텐데……"

스스로도 어째서 그렇게 못 하는지 이상해서 못 견디겠다는 듯한 말투였다.

옛날 훈장을 사러 오는 손님은 모두 태평해 보였다. 종류나 등급에 그리 집착하지 않고, 하물며 원주인이 어떤 인물이었는지 같은 것은 생각하지도 않고, 나름대로 손봐서 액세서리나 벽 장식품으로 쓰는 듯했다.

그렇지만 팔러 오는 사람들은 다들 어떤 사정을 가지고 있었다. 시인의 아들처럼 얼른 후련하게 털어버리고 싶다고 생각하면서도 가책을 느끼는 사람이 있는가 하면, 명랑하게 행동하다가도 훈장을 떠나보내는 순간 느닷없이 눈물을 흘리는 경우도 있었다. 미망인은 어떤 손님에게나 "매입은 하지 않아요"라고 말하건만, 그들은 하나같이 버텼다. 간단히 물러나지 않았다. 남편이 세상을 떠난 뒤로도 여기라면, 하고 생각하게끔 하는 뭔가가 훈장 상점에 남아 있었던 걸까. 결국은 돌려보내지도 못하고 사들일 수밖에 없었다.

미망인은 한숨을 쉬고 시인의 훈장을 케이스에 도로 넣었다.

"수선 보내야겠어."

"클리닝을 하면 아름다울 거예요. 암적색 꽃잎이 예쁘잖아요."

내가 말했다.

"그러게."

미망인은 케이스를 손에 얹어 눈높이로 들었다. 케이스 안에 훈장 외에 아들이 놓고 간 어떤 사정이 들어 있다는 양 그 무게를 가늠하고 있었다. 훈장을 사들인다는 것은 그것에 깃든 다양한 기억도 함께 받아들인다는 뜻이었다. 미망인은 아직 그런 일에 익숙하지 않은 것일 수도 있었다. 하지만 훈장이 눈앞에 놓였을 때, 그것이 갈 곳을 잃고 어쩔 줄 몰라 하는 것을 감지하는 능력만은 훈장 상점 주인의 아내로서 갖추고 있었다.

오래된 훈장들은 카운터 왼쪽 끄트머리에 진열되어 있었다. 조금이라도 값나가는 것은 유리 케이스에 진열하고, 값어치가 별로 없는 것은 가격표를 붙여 평평한 나무 상자에 한꺼번에 넣어두었다. 언젠가 무심코 나무 상자를 뒤지다가 조그만 메달을 발견했던 게 생각났다. 앞면에 레오타드 차림으로 포즈를 취하는 여자가 새겨져 있고 그 밑에 '춘계 체조 발표회 중등부 종목별 평균대 제3위'라고 쓰여 있었다. 만듦새도 엉성하고 흔해빠진 메달인데, 가격표로 보건대 꽤 오랫동안 팔리지 않은 게 틀림없었다. 그런 메달을 주목한 것은 뒤에 새겨진 이름이 눈에 익었기 때문이다. 전 올림픽 체조 선수라고 속여 고리 집 주인에게 접근했던 결혼 사기범 여자의 이름이었다.

물론 누가 어떤 경위로 메달을 훈장 상점으로 가져왔는지는 알 수 없었다. 나는 모르는 척 상자에 메달을 돌려놓았다. 작은 지역 대회에서 3위 메달을 딴 소녀가 평균대 위에서 그리는 완전한 원은 훈장 상점 구석에서 또다시 잠들었다.

"아들은 그 돈을 어디에 쓸까요."

가볍게 떨리는 손으로 코트 주머니에 지폐를 쑤셔 넣던 남자와 결혼 사기범 여자의 모습이 어느새 겹치는 것을 느끼며 나는 중얼거렸다. 페페가 잠에서 깨어 나와 미망인을 번갈아 올려다본 뒤 크게 하품했다.

"글쎄다. 큰돈은 아니니 말이야. 맛난 술이라도 두세 잔 마시면 끝 아니겠니?"

"네? 아버지 유품으로 술을 마신다고요?"

"잠깐이라도 기분 좋아져서 하룻밤 푹 자면 그걸로 충분하지."

미망인은 훈장을 서랍에 넣었다. 매입은 했지만 수선이나 클리닝이 필요해 진열하지 않은 훈장 몇 개가 달그락거렸다. 페페가 내 다리에 몸을 붙이고 코를 킁킁거리며 산책 가자고 졸랐다.

어느 날 페페와 동네 도서관에 갔다. 어렸을 때에는 아케이드 근처 전찻길에 면한 낡은 건물에 있던 도서관이, 어느새 동네 남쪽 옛 조차장 터로 이전해 멋진 건물로 다시 태어났다. 나와 페페는 모서리가 다 닳고 누렇게 변색된 대출 카드를 들고 남쪽을 향해 전찻길을 걸어갔다. 도중에 놀이터에서 잠시 쉬면서 페페에게 음수대의 물을 먹였다.

도서관은 무척 붐볐다. 차들이 주차장 입구에 길게 줄을 섰고, 그림책 코너에는 어린애들이 가득했다. 자습용 탁자도 빈자리가 얼마 없었다.

"여기서 얌전히 기다리렴."

나는 그렇게 타이르며 페페를 자전거 보관소 기둥에 묶어놓았다. 페페는 몸을 말고 차분히 누워 있을 곳을 찾아 여기저기 킁킁 냄새 맡고 다녔다.

도서관은 하나부터 열까지 모두 새로웠다. 바닥은 번쩍번쩍 광이 나고, 책에 붙은 스티커는 얼룩 하나 없고, 서가에는 나무 냄새가 남아 있었다. 게다가 아케이드의 독서 휴게실에 익숙한 내게는 너무 넓었다. 줄줄이 늘어선 서가는 아무리 가도 끝날 줄 몰랐고, 책이 이 끝에서 저 끝까지 빽빽이 꽂혀 있었다.

길을 잃고 헤매면서도 간신히 시집 코너에 다다른 나는 그날 남자가 말했던 시인의 이름을 찾아보았다. 그다지 개성이 강하지 않은, 하지만 평범하다고 잘라 말할 수도 없는 그 이름을 속으로 되뇌며 놓치지 않도록 주의해서 한 권씩 책등을 살펴보았다. 시집 코너는 그곳만 공기를 잘라낸 것처럼 비어 있었다. 덕분에 나는 차분히 집중해서 책을 찾아볼 수 있었다.

컬러풀한 것, 무색, 두꺼운 것, 얇은 것, 큰 것, 작은 것, 재미있을 듯한 것, 난해할 듯한 것…… 시집은 아주 많았다. 한없이 솟아났다. 발돋움을 해 위쪽 칸을 찾고, 중간 칸을 왕복하고, 무릎을 꿇고 맨 아래 칸을 살펴보았다. 그렇게 몇 번씩 반복했지만 남자의 아버지 이름은 어디에도 없었다.

"대출을 신청하고 싶은 책이 있는데요."

나는 카운터에 대출 신청서를 제출했다.

"네."

바쁘게 업무를 처리하던 사서는 일손을 멈추고 익숙한 태도로 신청서를 훑어보았다.

"책 제목이 뭔가요?"

"제목은 몰라요. 그렇지만 이 시인의 시집이라면 뭐든 괜찮아요."

"대출 카드를 보여주시겠어요?"

나는 손에 꼭 쥐고 있던 카드를 머뭇머뭇 카운터에 놓았다.

사서가 무심코 탄성을 질렀다.

"세상에, 아직까지 이런 구식 카드를 갖고 있는 사람이 있다니요."

"자주 올 수 없어서……"

나는 변명조로 어물어물 말했다.

"신식 카드로 새로 발급해드려야겠군요."

"전 이것도 괜찮은데요."

"저희가 곤란합니다. 시스템도 뭐도 다 바뀌었으니까요."

사서는 아랑곳하지 않고 딸깍딸깍 기계를 조작해 새 카드를 만들기 시작했다.

"주소 및 전화번호 변경은 없나요?"

"네, 없어요."

나는 고개를 숙인 채 대답했다.

"똑같아요. 계속 똑같아요."

착오가 없도록 한 번 더 대답했다. 하지만 사서는 키보드를 누르는 데 집중하느라 내 대답은 듣지도 않았다.

"자, 나왔어요. 다음부터는 이걸 가져오세요. 신청하신 시집이 들어오면 전화드리겠습니다. 닷새에서 일주일쯤 걸릴 거예요."

"고맙습니다."

새 대출 카드는 종이가 아니라 튼튼한 플라스틱제였다. 내 이름과 무슨 번호가 쓰여 있다. 분명히 내 이름인데도 새 카드는 어쩐지 쌀쌀맞고 서먹하게 느껴졌다.

"죄송한데 예전 카드를 가져가도 될까요?"

나는 용기를 내어 부탁했다.

"그건 이제 못 쓰시는데요."

"네, 그건 알아요. 그냥 추억으로 갖고 있고 싶어서요."

"여기 있어요."

사서는 짤막하게 대답했다.

나는 서둘러 페페가 있는 곳으로 돌아갔다. 페페는 얌전히 나를 기다리고 있었다. 등도, 목도, 꼬리도, 온몸을 전부 둥글게 말고 있었다.

일주일 뒤 도서관 사서는 대출 신청서에 적힌 전화번호로
연락한다. 어디선가 전화벨이 울린다. 누구의 귀에도 들리지
않을, 누구에게도 다다르지 못할 전화벨이 세상 끝 어딘가에
서 계속해서 울린다. 과거 전화가 있던 방, 독서 휴게실 2층은
이미 오래전에 휑뎅그렁하게 비었고, 그곳에 살던 사람의 기
척도 사라지고 없다.

"이상하네."

사서가 중얼거린다. 사서의 귀에는 그저 "지금 거신 번호는
없는 번호입니다"라는 소리가 반복해서 들려올 뿐이다.

갓 빌린 시집을 안마당에서 읽는데, 웬일로 훈장 상점 미망
인이 라디오를 들고 나왔다.

"어머, 독서?"

나뭇잎 사이로 비치는 흔들리는 햇살 아래, 미망인의 얼굴
이 전에 없이 개운해 보였다. 시집 표지에 얼핏 시선을 던지
고도 괜한 말은 하지 않았다.

"도서관에서 빌렸어요."

"그래."

"문제없이 빌려주더라고요."

"잘됐네."

미망인은 테이블 한가운데에 라디오를 놓고 스위치를 켠 다음 남편과 비슷한 손놀림으로 안테나를 조절했다. 남편이 세상을 뜬 뒤 처음 찾아오는 올림픽의 계절이었다.

"자, 무슨 경기일까."

나는 시집에서 시선을 들어 미망인과 함께 귀를 기울였다. 승마 장애물 비월 개인전인 듯했다. 나는 시집으로 돌아갔다.

책을 빌릴 때, 업무에 충실한 사서는 전화번호가 틀렸다면서 올바른 번호를 등록하라고 정색하며 재촉했다. 하지만 원하는 시집을 보고 마음이 들뜬 나는 대담하게도 "죄송해요, 전화 요금을 잊어버리고 못 내서 그래요. 번호는 그거 맞아요"라고 얼버무렸다.

시집은 오래전 것이었지만 장정이 세련됐고 제본도 튼튼했다. 종이의 감촉과 여백의 변색 정도로 볼 때, 이 책을 본 사람들은 모두 한 장 한 장 정성스레 책장을 넘긴 듯했다. 그들을 본받아 나도 시 한 편 한 편을 차분히 음미했다. 훈장은 팔렸지만 당신 아버지가 남긴 시는 지금도 이렇게 누군가의 가

슴에 감명을 주고 있다고 남자에게 전하듯, 그 증거를 보여주
듯, 소리 없이 시를 낭송했다.

라디오에서는 땅을 박차는 말발굽 소리가 들려오고 있었
다. 투명한 햇빛이 미망인의 옆얼굴과 시집의 페이지를 감싸
고 있었다.

"자, 다음은 시상식이야."

미망인이 미소를 지으며 말했다. 마치 남편이 메달을 받들
고 입장하는 것을 기다리는 듯한 말투였다.

유발 레이스

"그렇지만 일 끝나고 여기서 저녁노을을 바라보면서
아아, 오늘도 아무 일 없이 무사히 끝났구나, 하고 생각하다가
문득 내가 뜬 갓난아기 유발 레이스가 떠오를 때가 있어요.
그게 내 가슴에 늘어져 있는 것 같아서 목으로 손을 가져가곤 해요."

박제, 도넛, 메달, 뭐가 됐건 배달하려면 여간 힘든 게 아니다. 물론 나는 아케이드의 상점 주인들처럼 뭔가를 만들거나 선별하는 능력은 없고 그저 물건을 정해진 곳으로 이동시키는 것뿐인데, 그래도 역시 보기만큼 편한 일은 아니다.

물건들은 아케이드를 나선 순간 눈을 내리깔고 숨을 죽인다. 모조 스테인드글라스와 가게 안의 어둠에 보호되다가 갑자기 바깥의 빛에 노출되어 갈팡질팡하는 것이다. 꾸러미를 끌어안은 내 품에서 그들이 떠는 게 어렴풋이 느껴진다.

상점 주인들은 상품을 포장하는 솜씨가 하나같이 완벽하다. 물건들이 가장 무리 없이 안전하게 놓일, 그러면서 각각의 용도에 걸맞은 아름다움을 지닌 종이, 상자, 끈, 테이프, 리본을 선택한다. 편지지 세트 하나, 문손잡이 하나도 소홀히 다루지 않는다. 나는 포장이 끝나 이제 손님에게 전달되기만 기다리는 물건이 카운터 위에 놓여 있는 모습이 좋다. 형상에 충실한 포장지의 주름, 꽉 묶은 끈의 매듭을 보면 주인이 자신의 상품에 얼마나 깊은 애정과 긍지를 갖고 있는지 알겠다. 배달 담당으로서 이 물건을 손님에게 무사히 배달해야 한다는 마음이 자연스레 솟아난다. 완벽하게 포장된 그것들에게는 진열장을 떠나도 가게에 있을 때와 똑같은 안온함이 약속되어 있다.

"그러니까 걱정할 것 없어."

포장의 형태가 가급적 망가지지 않도록 두 팔을 가볍게 벌리고, 하지만 절대 떨어뜨리지 않을 만큼의 힘을 주며 나는 품안의 물건에게 말을 건다. 소리 없는 말은 금세 거리의 소음 속에 파묻혀 지나가는 사람들 귀에는 들리지 않는다. 그저 발소리에 맞춰 상자 바닥에서 달그락거리거나 봉투 안에서 부스럭부스럭 중얼거리는 소리만이 나와 페페를 에워싸고 있다.

"실수하지 않아. 틀림없이 올바른 장소로 데려다줄게."

달그락달그락, 부스럭부스럭, 달그락달그락, 부스럭부스

력하는 소리는 일시적으로 리듬이 빨라지고 기세를 더하다가 이윽고 침착함을 되찾지만, 마지막까지 그치지는 않는다.

한 가지 걱정되는 것은 페페였다. 페페는 뒷다리가 어느덧 조금씩 약해져 높낮이 차도 없는 길에서 종종 넘어질 뻔했다. 느닷없이 휘청하고는 스스로도 무슨 일이 벌어진 건지 이해하지 못한 채, '어라, 어떻게 된 거지?' 하며 의아한 표정을 짓곤 했다. 코언저리 털은 하얗게 셌다. 처음에는 태양 탓이라고, 모조 스테인드글라스 밑에서 보면 짙은 갈색을 되찾을 것이라고 나 자신을 타일렀으나, 이제 더는 속일 수 없게 되었다.

'아차차'

페페는 그래도 괴로워하는 눈치 없이 허둥지둥 보조를 되찾고 반걸음 뒤처져 나를 따라온다.

우리는 공원을 지날 때마다 휴식을 취한다. 음수대에서 물을 마시고 벤치에 걸터앉는다. 상점 주인들에게 얻은, 아침에 먹다 남은 빵을 비둘기와 참새와 그 밖의 이름 모를 작은 새에게 뿌려준다. 가끔 '비둘기에게 먹이를 주지 마세요'라고 쓰인 팻말이 서 있을 때가 있지만 신경 쓰지 않는다. 새들은 어지간히 배고픈지 페페도 겁내지 않고 말라붙은 빵 부스러기를 열심히 쪼아 먹는다.

나는 물건들이 아케이드 외부의 공기에 서서히 익숙해지
도록, 페페가 다리 아프지 않도록 세심하게 주의를 기울인다.
벤치에 앉아 있을 때도 짐을 옆에 내려놓지 않는다. 두 팔로
물건을 끌어안은 채, 가만히 그들의 기척에 귀를 기울인다.

만에 하나 잃어버리기라도 한다면…… 배달 담당은 늘 이
런 공포에서 벗어날 수 없다. 그중에서도 내가 가장 긴장하는
것은 유발遺髮을 배달할 때였다. 대신할 게 아무것도 없다는
의미에서는 어떤 물건도 동등하며 전부 평등하게 대해야 하
지만, 유발만은 특별하다.

유발은 레이스 상점에서 취급한다. 원래 주인이 호의로 시
작한 일이라 한 번으로 끝날 예정이었다. 그런데 어떻게 소문
이 퍼졌는지 레이스 상점 주인을 의지해 찾아오는 손님이 끊
이지 않아 결국 거절하지 못하고 유발을 받게 되었다.

내가 태어나기 조금 전, 어느 부잣집 다락방의 여행 가방
에서 나온 진기한 레이스를 만난 레이스 상점 주인은 잠시 망
설인 끝에 그것을 사들여 액자에 담아 가게 구석에 장식했다.
그게 유발로 뜬 레이스였다. 망설인 것은 값이 비싸서가 아니
라 소유자의 마음이 그토록 깊이 스며든 물건을 장사하는 곳

에 들이기가 꺼려졌기 때문이다. 하지만 레이스는 여행 가방 속에서 짓눌리고 가장자리는 올이 풀려 힘없이 축 늘어져 있었다. 한시라도 빨리 손을 보지 않으면 조각조각 해체되어 한낱 먼지 묻은 머리털이 될 우려가 있었다. 주인은 그것을 구해내 원래 모습으로 되돌리고 보존하기 위해 구입한 것이었다. 유발 레이스는 자신이 취급하는 물건은 많든 적든 죽은 이의 자취를 지니고 있으니 그들을 공경하는 마음을 잊어선 안 된다는 신념의 상징이었다.

폭 4센티미터, 길이 15센티미터쯤 되는, 믿을 수 없을 만큼 섬세한 문양의 레이스였다. 중앙에 물망초 꽃 두 송이가 나란히 있고, 양끝에 아마도 고인의 이니셜일 H와 C가 배치되어 있었다. 덩굴손이 우아한 곡선을 그리며 꽃과 알파벳을 연결했다. 그리고 5밀리미터에도 못 미치는 크기의 루프가 사방으로 빙 둘러져 세밀함을 더욱 강조했다. 오랜 세월을 거치며 회색이라고도 호박색이라고도 할 수 없는 부드러운 빛으로 바래, 원래 색깔을 짐작하기가 쉽지 않았다. 다만 이 정도로 문양을 넣은 것을 보면 고인은 머리숱이 제법 많았으리라는 것 하나는 알 수 있었다.

실로 뜬 레이스와는 어딘지 모르게 다른 분위기를 감지한

몇몇 손님이 액자에 주목했다. 그것은 건드리기도 겁날 만큼 섬약해 보이는 동시에, 몰래 볼을 갖다 대어보고 싶어지는 불가사의한 매력도 지니고 있었다.

"남편이 젊어서 세상을 떠난 새 신부를 그리워해서 레이스 장인에게 부탁해 만든 겁니다. 150년쯤 전 물건이죠. 자세한 사정은 모릅니다만……"

유발이라는 말을 듣고 놀라 더 열심히 뜯어보는 사람이 있는가 하면, 섬뜩한 기색이 역력해서 피하는 사람도 있었다. 사겠다고 하는 손님도 가끔 있었다.

"죄송합니다만 판매하는 게 아니라서요."

그들은 주인의 말을 순순히 받아들였다.

유발 레이스의 제작 주문이 처음 들어온 것은 화재 뒤 아케이드가 다시 문을 연 직후였다. 검은 넥타이를 단정하게 맨 30대 후반의 남자가 나타나 다른 상품은 거들떠보지도 않고 액자 앞으로 곧장 다가가더니 얼마 동안 꼼짝 않고 서 있었다. 그러고는 "저도 비슷한 레이스를 만들어주실 수 있습니까?" 하고 물었다.

레이스 상점 주인은 뜻밖의 말에 놀라 "네?"라고 한 뒤 한동안 말을 잇지 못했다.

"이건 저, 저희 가게에서 만든 게 아니라……"

"그렇지만 레이스 상점 아닙니까?"

허둥대는 주인을 비난한다기보다, 당신이라면 내 바람을 이뤄줄 수 있을 것이라고 무턱대고 확신하는 듯한 말투였다.

"새 신부를 여읜 남편이 이걸 뜨게 했다면 저한테도 용납될 텐데요."

남자는 이미 유발 레이스의 유래를 알고 있었다.

"이르면 이를수록 좋을 것 같아서 가져왔습니다. 이겁니다."

남자는 양복 재킷 주머니에서 감색 벨벳 케이스를 꺼내고 속에 든 것이 떨어지지 않도록 조심하며 뚜껑을 열었다. 종이 노끈으로 묶은 머리카락 한 다발이 들어 있었다. 색이 새까만 것을 보면 아직 잘라낸 지 얼마 되지 않은 듯했지만, 유발임은 틀림없었다. 뚜껑이 열린 순간 난로 앞에서 자고 있던 페페가 깨어나 코를 벌름거렸기 때문이다.

"완성하는 데 시간이 꽤 걸릴 테니까요."

남자는 다시 한 번 액자에 눈길을 주고 물망초 꽃잎을 한 장 한 장 세듯 레이스를 응시했다.

"아름다운 머리군요."

주인은 수락하겠다고도, 안 하겠다고도 대답하지 않고 케이스 속에 시선을 떨어뜨린 채 중얼거렸다. 원래 부인의 목걸이를 넣었던 케이스인지, 흰 실크를 깐 케이스 안에 머리털이 들어 있었다. 풍성하고, 부드럽고, 윤기가 흐르고, 끄트머리에만 컬이 있었다. 그 돌돌 말린 컬의 느낌이 부인의 사랑스러움을 나타내는 듯했다. 잠깐 침대에 누워 눈을 붙이는 듯 보였다. 주인 말대로 정말 아름다운 머리였다.

"디자인도 생각해봤습니다. 아내가 좋아했던 마거리트 꽃 모양으로 무늬를 넣어주셨으면 합니다."

"제가 뜨는 게 아닌데요."

"네, 압니다. 하지만 당신이라면 뜨는 사람을 아실 것 아닙니까. 유발 전문 레이스 장인을."

"네? 아니, 저……"

"당신은 레이스 전문가죠."

"네, 그야."

"레이스의 세계는 작지만 깊은 숲입니다. 한없이 고요한 숲이죠. 당신은 숲 속 깊이 들어갈 수 있는 지도를 갖고 있습니다. 저 유발 레이스도 그래서 이곳에 다다른 게 아닙니까?"

물망초 꽃은 두 송이가 수줍게 서로 가까이 다가서고, H와

C는 넝쿨로 사이좋게 손잡고 있었다. 바깥에서는 날이 어두워져 포석에 비쳤던 스테인드글라스 무늬는 사라지고 어느새 가로등이 그림자를 드리우고 있었다. 종이 상점 시스터 누나가 차양을 말아 올리는 소리가 끼익끼익 들려왔다.

침묵하던 주인은 입을 열었다.

"어쨌거나 레이스를 뜨기에 어울리는 머리입니다."

남자는 눈을 내리깔고 죽은 아내에 대한 최고의 찬사를 받은 듯한 표정으로 조그맣게 "감사합니다"라고 말했다.

"부인의 이니셜을 알려주시겠습니까?"

주인이 조용한 목소리로 물었다.

유발 전문 레이스 장인은 뜻밖에도 젊은 여자였다. 레이스 상점 주인 말로는 그런데도 경력은 충분하고, 센스도 있으며, 기술은 그 분야에서 일류라고 했다. 유발 전문 레이스 장인의 숲에 몇 명이나 살고 있는지는 잘 알 수 없었지만.

취급하는 소재로 예측할 수 있는 일이었지만, 레이스 장인은 간판도 내걸지 않고, 업종별 전화번호부에 번호를 올리지도 않고, 살풍경한 아파트에서 조용히 일했다. 유발 레이스 세계의 상식인지, 아니면 그녀만의 원칙인지는 몰라도 의뢰인을 직접 만나지도 않았다. 마주하는 상대는 어디까지나 유발뿐이라는 자세로 일관했다. 그 때문에 주문하는 사람들은 레이스 상점 주인 같은 중개인이 꼭 필요했다. 의뢰인이 레이스 상점 주인에게 맡긴 유발과 희망하는 디자인을 장인에게 가져다주고, 완성된 물건을 아케이드로 가지고 돌아오는 것은 물론 내 몫이었다.

레이스 장인의 작업실에 처음 갔을 때 가장 놀랐던 것은 그녀의 머리가 그때까지 내가 만난 어떤 여자보다도 짧다는 것이었다. 귀와 목덜미가 화끈하다 싶을 만큼 드러나 있었다. 앞머리 한 줌이 가까스로 어느 정도의 길이를 유지할 뿐, 나머지는 갓 돋은 잔디 같은 머리카락이 두개골을 겨우 덮는 정도였다.

"작업에 방해되거든요. 게다가 혹시라도 내 머리가 섞이면 큰일이니까요."

레이스 장인은 자기 뒤통수를 쓸어 올려 서걱서걱 산뜻한 소리를 내며 말했다.

"살아 있는 사람이랑 그렇지 않은 사람의 머리는 전혀 달라요. 유발이 훨씬 참을성이 있죠. 살아 있는 사람 머리는 의외로 오래 못 가서 한 올이라도 섞이면 레이스를 망쳐요."

레이스 숲의 고독한 주민이라는 이미지와 달리 이야기하기를 좋아하는 사람이었다. 언제 가도 환영해주고, 페페가 현관에 늘어져 있어도 신경 쓰지 않았다.

하지만 작업을 시작하면 곧바로 대단한 집중력을 보였다. 그녀는 코바늘로 레이스를 떴다. 남향 창 앞에 기다란 테이블을 놓고 작업대로 썼다. 창밖으로 끝없이 이어지는, 수풀로 뒤덮인 높직한 제방이 보였다. 커튼을 달지 않고 창유리를 깨끗이 닦아서, 제방 위 수풀에 반사되어 부드러워진 자연광이 손 언저리를 환히 비춰주게 해놓았다. 코바늘과 도안, 가위, 핀셋을 제외하고 다른 도구는 아무것도 놓아두지 않았다.

레이스 장인은 핀셋으로 유발 다발에서 머리카락을 몇 올 빼내 손가락으로 문질러 실 한 가닥처럼 만들었다. 그것을 몇 가닥 묶어 적절한 길이로 이은 뒤 드디어 레이스를 뜨기 시작했다.

그녀가 가장 신중하게 작업하는 게 이 단계였다. 레이스를 뜰 수 있는 상태로 머리카락을 처리하는 데 의외로 품이 많이 들었다. 다루기 쉽게 약품 처리를 하는 것도 아니다. 몇 가닥의 머리를 어느 정도로 꼴 것인지, 어느 정도로 세게 묶을 것인지는 오로지 감으로 결정했다. 보드라운 머리, 뻣뻣한 머리, 직모, 곱슬머리, 흰머리, 염색한 머리, 파마한 머리, 앞머리, 정수리 부분의 머리, 사후 여러 해가 지난 머리, 그렇지 않은 머리…… 유발은 하나하나 모두 달랐다. 나아가 그것으로 어떤 문양을 뜰 것인지, 예를 들어 꽃인지 기하학 무늬인지에 따라 모든 게 달라졌다. 핀셋을 들고 유발 다발에서 머리카락을 한 올 한 올 빼내는 모습은 마치 갓 태어난 동물을 보살펴 주는 듯 보였다.

코바늘을 놀리는 방식은 별로 다르지 않았다. 다만 머리카락은 당연히 비단실보다 훨씬 가는지라 그에 맞춰 특별 주문한 코바늘을 썼다. 오랫동안 머리카락을 접해 기름을 먹은 바늘은 아주 일 잘하는 도구 같은 느낌으로 코 부분이 반들반들했다.

레이스 장인은 경쾌한 손놀림으로 레이스를 떴다. 물론 속도는 비단실을 쓸 때보다 느리고, 뜨개질할 때 흔히 보는 털실 뭉치에서 실을 풀어내는 동작은 볼 수 없었지만, 멍한 사람이라면 어쩌면 재료가 머리카락이라는 것을 모를 수도 있다. 바늘 코가 머리카락에 걸릴 때마다 한 코 한 코 문양이 만들어진다. 머리카락과 머리카락이 필요 이상 마찰하지 않도록 늘 손가락에 신경을 집중한다.

사슬뜨기, 긴뜨기, 중간긴뜨기. 짧은뜨기, 긴긴뜨기, 빼뜨기. 구슬뜨기, 팝콘뜨기, 피코뜨기. 도안은 의뢰인의 희망을 참고하고 유발의 양을 고려해 그녀가 직접 그렸다. 그녀는 도안을 응시하고, 바늘을 놀리고, 콧수를 세고, 다시 도안을 보며 틀린 데가 없는지 확인한다. 유발 레이스는 쉽사리 풀고 다시 뜰 수 없다. 한번 뜨고 나면 머리카락에 자국이 남는 탓에 다시 떠도 모양이 예쁘게 나오지 않는다. 그러니 실수가 너무 잦으면 유발이 모자랄 위험이 있었다.

"유발 전문 레이스 장인으로서 제일 하면 안 되는 일이 그거예요."

레이스 장인이 언젠가 그런 말을 했다.

작업이 일단락되면 창유리에 레이스를 비추어보며 문양을 점검했다. 유리 틈새로 통과한 햇빛이 보드랍게 레이스를 감쌌다. 방금 전까지 죽은 이의 머리카락이었던 게 어느새 아프리카제비꽃이며 배추흰나비, 눈의 결정, 숫자, 글자가 되어 있다. 삭아 스러지기 직전, 레이스 장인의 손에 의해 조그만 징표가 되어 유리에 그림자를 새긴다.

작품 하나가 완성될 즈음이면 도안은 너덜너덜해졌다. 그저 유발 레이스 곁에 얌전히 있었을 뿐이건만, 레이스 장인의 피로가 옮은 것처럼 흐늘흐늘해지고, 끄트머리는 말리고, 가끔 찢어질 때도 있었다. 레이스와 남은 유발은 의뢰인에게 보내고, 레이스 장인에게는 이 도안만 남았다. 같은 문양을 뜰 일은 두 번 다시 없었지만 그녀는 도안을 소중히 보관했다.

날이 저물면 레이스 장인은 곧바로 바늘을 놓고 작업대 위의 물건을 전부 금고에 넣은 뒤 담배를 피웠다. 자연광이 아니면 머리카락 상태를 정확히 알 수 없기 때문이다. 그녀는 담배를 깊이 빨면서 자기만의 방식으로 안구를 마사지했다.

이상하게도 유발을 가진 사람들은 적절한 페이스로 레이스 상점에 나타났다. 주문이 한꺼번에 몰려 레이스 장인에게 무리하게 부탁하는 일도 없었고, 너무 뜸해서 그녀의 전화번호를 잊어버리게 되는 일도 없었다. 유발 레이스를 필요로 하는 사람들끼리 레이스 장인의 안구 피로를 배려해 어디서 서로 상의하는 게 아닐까 싶을 정도였다.

그녀도 원래는 그냥 평범한 레이스를 뜨는 장인이었는데, 우연한 계기로 유발의 세계에 발을 들여놓았다가 그것만 전문으로 하게 되었다.

"집에서 이발소를 해서 머리카락에 익숙하거든요. 어렸을 때 곧잘 바닥에 흩어져 있는 머리카락을 모아서 놀곤 했어요. 뭉쳐서 훅 날린다든지, 끝이 갈라진 머리를 찾는다든지……"

조금 전까지 레이스 문양이 떠올랐던 창유리에 레이스 장인의 입에서 흘러나온 연기가 하얗게 비쳤다.

"그때부터 살아 있는 쪽이 아니라 잘려 나간 쪽 머리랑 인연이 있었네요."

그녀는 또다시 담배에 불을 붙였다. 일하고 나면 담배를 세대 피우는 게 습관이었다.

"머리카락을 보면 어떤 사람인지 알 수 있나요?"

나는 물었다.

"네, 알 수 있어요. 처음에 잠깐 만져본 것만으로 이것저것 확 알겠어요. 그렇다고 무슨 소용 있는 건 아니지만. 그 사람은 이미 죽었으니 말이에요."

작업대는 서운할 만큼 깨끗이 치워져 있었다. 그야말로 머리카락 한 가닥 떨어져 있지 않았다. 다소 녹슨, 구식의 유발 전용 금고가 작업대 밑에 검은 그림자 덩어리로 놓여 있었다.

"작업하는 동안엔 그 사람 생각을 안 하려고 해요. 뜨는 데만 집중해야지, 안 그러면 좋은 레이스가 나오지 않거든요. 거기에 마음을 담을 수 있는 사람은 의뢰인뿐이잖아요? 난 그저 뜨는 것뿐이고."

"그렇군요."

현관에서 숙면 중인 페페의 등 역시 금고처럼 어둠 속에 가라앉으려 하고 있었다.

"그렇지만 갓난아기 유발만은 별개예요."

레이스 장인은 소중한 비밀을 고백하는 투로 말했다.

갓난아기의 유발은 양이 적고 길이도 짧으며 아주 연약한지라 의뢰인이 아무 말 하지 않아도 바로 알 수 있었다. 어른의 유발이 사각형, 원형, 반원형, 띠 모양의 면적이 어느 정도되는 레이스로 만들어지는 것과 달리, 갓난아기 것은 고작해야 손가락에 올려놓을 수 있을 정도의 크기다. 넣을 수 있는 문양은 이니셜 한 글자 아니면 별 하나, 그런 작은 것이었다. 의뢰인들은 대개 그 조그만 레이스를 로켓 펜던트에 넣어 몸에 지녔다.

금세 훅 날아가 버릴 듯한 갓난아기의 머리카락을 한 코 한코 뜨는 게 여간 힘든 작업이 아니라는 것은 틀림없었다. 코바늘은 평소보다 더 세밀하게 움직이고, 손가락은 한층 긴장하고, 호흡조차 멈춘 듯했다. 작업대 앞에 앉은 레이스 장인의 뒷모습을 보기만 해도 지금 작업하는 게 갓난아기의 유발 레이스라고 바로 알 수 있었다.

한번은 레이스 장인이 작업 중에 눈물을 흘리는 것을 목격했다. 그녀는 뺨을 타고 흘러내리는 눈물이 레이스에 떨어지지 않게 소매로 얼굴을 쓱쓱 문지르며 코바늘을 놀리고 있었다. 집중한 나머지 눈을 깜박이는 것을 잊어버리는 바람에 눈물이 난 것이라고 생각했다.

"그렇지만 일 끝나고 여기서 저녁노을을 바라보면서 아아, 오늘도 아무 일 없이 무사히 끝났구나, 하고 생각하다가 문득 내가 뜬 갓난아기 유발 레이스가 떠오를 때가 있어요. 그게 내 가슴에 늘어져 있는 것 같아서 목으로 손을 가져가곤 해요."

무심코 목을 만지려 했던 것을 얼버무리듯, 레이스 장인은 뒤통수로 손을 가져가 머리를 서걱서걱 쓸었다. 그러고는 세 대째 담배에 불을 붙였다.

그날도 나는 배달하러 레이스 장인의 작업실을 찾아갔다. 가쁜 숨을 몰아쉬는 페페를 독려하며, 공원에서 두 번 휴식을 취하고 여느 때처럼 새들에게 빵 부스러기를 뿌려주었다. 하지만 그날 내가 운반하는 것은 내 머리카락이었다.

머리카락은 옷 갈아입히는 인형이 들어 있던 종이 상자에 넣었다. 꽤 옛날 물건이라 뚜껑에 인쇄된 인형 그림은 커다란 아몬드형 눈 한쪽이 좀먹었다. 안에 있던 인형도, 자랑거리이던 옷과 신발도 모두 없어지고, 대신 땋은 머리채 두 개가 분홍 리본으로 묶인 채 사이좋게 놓여 있었다.

"난 유발 아니면 안 뜨는데요."

레이스 장인이 말했다.

"네, 알아요."

나는 대답했다.

레이스 장인은 오랜 세월 이 일을 해온 사람 특유의 확실한 눈으로 땋은 머리를 점검했다. 강도에 문제가 없는지, 변색 정도는 어떤지, 양은 얼마나 되는지 땋은 게 풀리지 않도록 조심하며 살펴보았다.

병실에서 어머니가 머리를 땋아주었을 때가 생각났다. 아무리 애써도 좋아할 수 없었던 소독약 냄새며, 예쁘게 땋아지기에 딱 적절한 힘으로 머리카락을 끌어당기는 어머니의 손놀림, 귓불에 닿는 어머니의 너무 뜨거운 숨결, 눈 깜짝할 새 사르륵 묶이는 리본의 끄트머리, 그런 온갖 기억이 한꺼번에 되살아났다.

"좋습니다."

땋은 머리채를 상자 속에 되돌려놓고 조그맣게 숨을 내쉰 뒤, 레이스 장인은 전에 없이 정중한 어조로 대답했다.

"뜨도록 하죠, 유발 레이스를."

그녀는 그 이상 아무 말도 하지 않았다. 괜한 질문은 하지 않았다.

완성된 레이스는 겨우 10센티미터쯤 되는 기름한 모양이다. 가련한 풀꽃이나 장식된 이니셜, 생일을 나타내는 숫자와는 거리가 먼 소박한 무늬로, 아케이드의 모조 스테인드글라스와 같은 문양이다. 햇빛에 비추어보면 아케이드 포석에 드리워지는 것과 형태가 같은 그림자가 창유리에 비친다.

그것은 레이스 상점 쇼윈도에 장식되어 있다. 또 하나의 간판 같은 것이고, 아무 탈 없이 장사할 수 있기를 비는 부적 같은 것이기도 한데, 워낙 조그맣고 눈에 띄지 않아 알아차리지 못하는 손님도 많다.

그것은 언제까지고 그곳에 있다. 색이 바래고, 윤기를 잃고, 원래는 어린 여자애의 땋은 머리였음을 아는 사람이 아무도 없게 된 뒤로도, 아케이드의 소중한 표지를 계속해서 유리에 새기고 있다.

유괴범의 시계

시계 속에 손잡이 씨 가게에 있는 것 같은 작은 방이 있어,
그곳에 유괴범이 혼자 살고 있다. 기름통과 걸레를 들고 태엽을 닦는다.
그러면서 틈틈이 유괴하기에 안성맞춤인 어린애가 없는지
문자판의 작은 틈새로 물색한다. 바늘이 움직이는 순간,
공기의 작은 흔들림이 유괴범의 귀에 파동을 일으킨다.

아케이드에서 나와 바로 정면으로 전찻길 건너편에 커다란 시계가 걸려 있다. 흰 문자판에 검은 숫자와 바늘 두 개. 쓸데없는 장식은 일절 없이 무덤덤하리만큼 실용성만 추구하는 크고 둥근 시계다.

철광석을 취급하는 회사 건물인 듯한데, 드나드는 사람이 많지 않은 게 그다지 활기가 있다고 할 수 없다. 시계는 종을 쳐 시간을 알리지도 않고, 태엽 장치 인형이 춤추지도 않고, 그저 살풍경한 건물 벽에 조용히 붙어 있다. 언제 어떤 식으로 정비하는지 아무도 모르는데도 결코 틀리는 법이 없다. 불이 난 그날조차, 불타버린 건물에서 밑으로 떨어지고도 묵묵히 올바른 시간을 가리키고 있었다. 건물을 새로 짓자 당연하다는 듯 원래 자리로 돌아왔다.

하지만 시계가 사람들에게 얼마만큼 도움이 되느냐를 생각해보면 다소 의문이 남는다. 예컨대 연인들의 약속 장소로 쓰인다든지, 길을 잃었을 때 표시가 되어준다는 말은 못 들어봤다. 아케이드에서 보기로, 길 가는 사람들은 그곳에 시계가 있다는 것조차 모른 채 그냥 지나치는 듯 보였다.

예전에 이 시곗바늘이 움직이는 것을 목격한 아이는 유괴범에게 잡혀가 두 번 다시 못 돌아온다는 소문이 있었다. 동네 아이들은 모두 소문을 믿어 유괴범의 시계라고 부르며 무서워했고, 시계를 올려다보거나 그 아래를 지나는 것조차 피했다.

물론 나도 문자판이 시야에 얼핏 들어오기만 해도 허둥지둥 눈을 감았고, 전찻길 건너편에 볼일이 있을 때는 일부러 멀리 떨어져 있는 횡단보도로 길을 건넜다. 아케이드에서 일직선으로 보이는 위치에 설치되어 있다는 사실에 뭔지 모를 저주받은 비밀이 숨어 있는 것 같아 더더욱 무서웠다. 하지만 한 번이라도 좋으니 바늘이 움직이는 것을 보고 싶다는 생각이 마음 한구석에 있었던 것도 사실이다. 바늘은 천천히 기어가듯 움직일까, 아니면 재까닥 뛰듯 앞으로 나아갈까. 시계 속에 손잡이 씨 가게에 있는 것 같은 작은 방이 있어, 그곳에 유괴범이 혼자 살고 있다. 기름통과 걸레를 들고 태엽을 닦는다. 그러면서 틈틈이 유괴하기에 안성맞춤인 어린애가 없는지 문자판의 작은 틈새로 물색한다. 바늘이 움직이는 순간, 공기의 작은 흔들림이 유괴범의 귀에 파동을 일으킨다. 나도 파동을 맛보고 싶다. 시간과 시간의 틈바구니에 귀 기울이고 싶다. 유괴범이 어떻게 나를 잡아갈지 확인하고 싶다…… 그렇게 이것저것 상상해보는 것은 놀이로서 나쁘지 않았다.

소문을 믿기에는 조금 컸을 무렵, 이제 마음속 소망에 충실하게 바늘이 움직이는 것을 봐 주겠다고 몇 번 도전했는데 왜 그런지 늘 실패했다. 건물 앞에 서서 시계를 올려다보다 보면 금세 싫증 나 유괴범 따위 아무래도 상관없어졌다.

그랬건만 화재가 있은 뒤 무심코 시계에 눈을 주었다가 싱겁게 목격하고 말았다. 어렸을 때 상상했던 만큼 의미심장하지도 않고, 신비스럽지도 않고, 담담히, 당연하게, 그저 정해진 각도만큼 움직이고 끝이었다. 이제는 문자판에 나타나는, 징조라고도 할 수 없는 어렴풋한 낌새를 감지하고 눈도 깜박이지 않은 채 바늘이 한 칸 움직이는 것을 지켜볼 수 있다. 문자판 안에 있는 유괴범과 눈짓을 주고받을 수 있다.

화재를 계기로 인형의 집 전문점이 이사 간 뒤 오랫동안 비어 있던 자리에 젊은 여자가 연고 상점이라는 것을 열었다. 굽슬굽슬한 머리를 허리까지 기르고, 플란넬 치마 밑에 검은 타이츠를 신고, 목에는 숄을 몇 겹으로 둘둘 감았다. 몸이 찬 체질인지, 빈혈이 있는지 화장기 없는 얼굴은 하얗게 투명하고 뺨에는 모세혈관이 비쳐 보였다. 도저히 붙임성 있는 성격이라고 할 수는 없었지만 부지런한 것은 틀림없었다. 아침이면 누구보다 먼저 가게 문을 열고 배수구에서 안마당에 이르기까지 열심히 청소를 했다. 상점 주인들과 금세 친해졌고, 가게도 아주 오래전부터 그곳에 있었던 듯한 분위기를 풍겼다.

그녀의 또 다른 장점은 무뚝뚝함을 잊게 할 만큼 부드러운 목소리였다. 그녀의 목소리에는 몸에 닿는 상품을 취급하는 상점 주인에게 어울리는 자상함이 있었다. "어서 오세요"라는 한마디만으로 손님은 이미 자신의 몸에 필요한 물건을 하나 손에 넣은 듯한 기분이 들었다.

그렇지만 나는 그곳에 한 번도 발을 들여놓지 못했다. 페페가 가게 안에 가득한 약초 냄새를 무서워했기 때문이다. 가게 앞에서 두세 번 코를 킁킁하더니 '아쉽지만 이건 안 되겠다' 하는 표정으로 뒷걸음질하고는 두 번 다시 가까이 가지 않았다.

연고 상점이라고 하지만 취급하는 상품은 습포, 구강청정제, 입욕제, 보습 로션, 핸드크림 등 다양했다. 똑같은 가게를 다른 곳에서도 했었는지, 진열장이며 받침저울, 금전 등록기는 오래 써서 반들반들 검게 빛나고 약초 냄새가 진하게 배어 있었다. 불쾌한 냄새는 아닌데, 머나먼 낯선 땅, 땅속 깊은 곳에서 오랜 세월에 걸쳐 빨아올린 진액을 졸인 것처럼 묵직하게 느껴졌다.

나는 쇼윈도 너머로 가게 안을 살짝 훔쳐보았다. 둥근 깡통이며 튜브에 든 연고를 손가락으로 찍었을 때의 그 끈적한 느낌, 부르르 몸서리가 날 듯한 싸늘함을 상상하며 참았다.

연고 상점 주인이 안마당을 청소할 때면 나와 페페는 방해되지 않도록 나무 그늘로 비켰다. 그녀가 낙엽을 모으고 테이블과 의자를 닦는 모습을 막연히 바라보았다. 어찌나 꼼꼼하고 요령 있게 움직이는지 반할 지경이었다.

"어라? 왜 그렇게 구석에 가 있어?"

의안 상점 주인이 말을 걸자 페페가 멍, 하고 짖어 대답했다. 연고 상점 주인은 그런 것 따위 귀에 들어오지 않는 양 열심히 작업을 계속했다. 이따금 솔에 스며든 냄새가 바람결에 풍겨올 때면, 페페는 난처한 듯 코를 킁킁거렸다.

배달이 없는 날, 상점 주인들이 다들 바쁜지 안마당에 아무도 없을 때면 나는 혼자 아케이드 상점들을 바라보며 손님들과 주인들 목소리를 듣는다. 안마당에서 모든 상점이 보이는 것도 아닌데, 진열장을 올려다보는 손님의 옆얼굴도, 거스름돈을 세는 주인의 손가락 표정도, 가게 바닥에 비치는 빛의 형태도 뭐든 감지할 수 있다. 정말이지 다양한 손님이 있다. 도넛을 베어 무는 천진난만한 여고생이 있는가 하면, 옷을 잘 차려입은 부인도 있다. 상쾌한 인상의 청년이 나타나는가 하면, 위태로워 보이는 취객이 등장한다. 깜짝 놀라게 값비싼 물건을 사고 그 뒤 두 번 다시 모습을 보이지 않는 사람이 있는가 하면, 날마다 오는데 아무것도 사지 않는 사람도 있다.

나는 그런 손님들 중 한 명을 골라 뒤를 밟는다. 명확한 선택 기준 없이, 그저 막연히 마음에 남는 사람을 고른다. 유괴범이 문자판 안에서 아이를 선택하는 것도 이런 식인지 모른다.

추적이 어느 경로를 거칠지, 어느 정도 속도일지 예측할 수 없는 터라 나이 든 페페는 놓고 간다. 일과인 산책조차 귀찮아하기 시작한 페페는 이제 내가 혼자 아케이드를 나서도 쫓아오지 않는다.

처음에는 심심풀이 정도로 생각했다. 아케이드에서 물건을 산 손님은 그 뒤 어떻게 할까. 곧장 집에 갈까, 아니면 어디 다른 데 들를까 하는 소박한 의문에서 문득 해본 데 불과했다. 하지만 곧 이 미행이 내게 단순한 놀이로 끝나지 않을 것을 알았다. 아케이드의 빛에서 멀리 떨어져, 상점 주인들과 페페의 도움도 없이, 품에 안은 배달 물품도 없이 손님의 뒷모습만을 따라 홀로 거리를 걷다 보니 어느새 유괴범의 시계가 일으키는 물결에 휩쓸릴 것 같았다.

나는 아프지도 않고, 괴롭지도 않고, 고통스럽지도 않았다. 마음은 고요했다. 아아, 이렇게 유괴당하는 것이라면 아이들이 그렇게 무서워할 것도 없었는데, 하고 생각했다. 보면 안 된다고 되뇌면서도 보고 싶은 기분을 억누를 수 없었던 내가 틀리지 않았다는 확신을 얻었다.

내가 미행하는 사람은 세상을 떠난 아버지였다. 얼굴과 모습이 닮았는지 아닌지는 상관없었다. 그저 지금 눈앞에 있는, 나를 인도하는 세상에 하나뿐인 뒷모습, 그게 바로 아버지라는 마음이 가슴을 메우고 있었다.

처음 미행한 사람은 종이 상점 시스터에 항공우편용 편지지 세트를 사러 온 대학 사회학부 조교였다. 수다 떨기를 좋아하는 누나가 알아낸 정보에 따르면, 커뮤니케이션 이론이 전공이며 그중에서도 박쥐가 내는 초음파를 계측 분류해 커뮤니케이션의 기원을 연구하는 모양이었다. 그는 자신의 연구 분야에 관심을 보여주다니 더없는 영광이라는 표정으로 누나를 상대로 박쥐의 초음파에 관해 장황하게 설명했다.

내가 그를 고른 것은 물론 박쥐에 관심이 있기 때문은 아니었다. 검은 바이올린 케이스를 든 게 눈에 띄어, 그것과 박쥐가 무슨 관계인지 궁금해졌기 때문이다.

아케이드에서 나온 조교는 바로 노면전차를 타더니 종점 두 정거장 앞에서 내려, 큰길에서 서쪽으로 하나 들어간 길로 접어들어 곧장 걸었다. 한 번도 멈춰 서지 않았고, 아무 데도 들르지 않았다. 편지지 세트가 든 서류 가방을 오른손에, 바이올린 케이스를 왼손에 들고 고개를 수그린 채 느릿한 속도를 일정하게 유지하며 걸었다. 덕분에 놓치지도, 의심을 사지도 않고 순조롭게 미행할 수 있었다.

나는 눈앞에 있는 뒷모습만을 보며 걸었다. 이름도 모르는 사람의 뒷모습이었다. 하지만 무수한 뒷모습이 말없이 나를 앞질러 가는 가운데 지금은 단 하나, 조교의 뒷모습만이 내게 길을 알려주는 이정표였다. 어디로 가는 길인지는 알 수 없었지만, 아무튼 그것을 놓쳤다간 나는 이곳에 버려지리라는 것만은 확실했다.

'어쩌면 아버지일지도 몰라'

나는 돌연히 치민 생각에 당혹해 나 자신에게 "뭐?" 하고 되물었다. 조교의 등은 아버지에 비해 땅딸막하고 둥글둥글한 데다 목은 굵었고, 낡아 후줄근한 짙은 갈색 블레이저는 아버지의 취향이 전혀 아니었다. 그런데도 가슴속에 떠오른 아버지의 기척은 순식간에 내 가슴을 짙게 메웠다.

아버지가 선택하지 않은 또 다른 인생을 걷는 게 이 사람이라면. 아버지가 걸었을지도 모르는 인생을 이 사람이 대신 걷고 있는 것이라면……

서류 가방은 한껏 부풀어 보기에도 무거울 듯했다. 그는 바이올린 케이스가 다른 사람을 부딪지 않도록 세심하게 주의를 기울였다. 고개를 수그린 윤곽은 어딘지 모르게 불안해 보였지만, 불안을 가라앉히기에 충분한 사려를 갖추고 있었다.

조교의 뒷모습은 점점 특별해졌다. 주위 풍경은 어둠으로 뒤덮이고 조교와 나, 단둘만이 한 줄기 빛으로 엮여 있었다. 하지만 말을 건다든지 몸을 건드린다든지 눈짓을 주고받는 일은 결코 없었다.

얼마 뒤 조교는 새 건물로 들어가 엘리베이터를 타고 3층으로 올라갔다. 나는 그것을 확인한 뒤 계단으로 뒤따랐다. 그곳은 문화 센터 같은 곳으로, 방이 여럿 있고 복도 곳곳에 수채화며 크로스스티치, 목공예 작품 등이 전시되어 있었다. 그가 들어간 방은 금세 찾았다. '대인 관계 강좌: 인간관계에 휘둘리지 않는 커뮤니케이션 방법'이라고 쓰인 팻말이 있었기 때문이다.

방 안에는 서른 명쯤 되는 수강생이 모여 있었지만, 빈 의자가 3분의 1 정도 있는 것으로 보아 그리 성황은 아닌 듯했다. 조교는 교수가 급한 볼일로 못 오게 되어 자신이 강연을 대신하게 되었다고 설명하고 사과한 다음, 바이올린을 꺼내 강대 위에 올려놓고 강연을 시작했다.

시작한 지 얼마 되지 않아 이 강좌가 하나부터 열까지 뒤죽박죽이고 핀트가 어긋난다는 걸 알았다. 그는 좌우지간 박쥐, 특히 실험용으로 사육하는 황갈색과일박쥐 이야기만 늘어놓았다. 그들의 서식 지역, 신체적 특징, 무리의 구성, 비행 기술, 교미와 출산, 초음파를 발하는 구조, 종류와 용법, 사회성의 확립…… 그저 박쥐 이야기뿐이었다. 도중에 동굴 천장에 빽빽하게 붙어 있는 박쥐 사진과 골격 표본 사진이 나타나고, 뇌의 해부 슬라이드가 등장하고, 초음파를 그래프로 나타낸 그림이 제시되었다. 수강생들은 기분 나쁜 박쥐 뭉텅이에 움찔하고, 그로테스크한 뇌 단면도에 얼굴을 찌푸리고, 영문 모를 그래프에 하품을 참았다.

그들이 더욱 당혹한 것은, 인간도 들을 수 있도록 음표로 치환한(조교의 연구 그룹이 독자적으로 개발한 방법인 모양이다) 초음파의 멜로디를 조교가 바이올린으로 연주했을 때였다.

"이게 위험을 알리는 멜로디입니다."

조교는 바이올린을 들어 익숙한 동작으로 턱 밑에 낀 뒤, 걷고 있을 때처럼 사려 깊게 눈을 내리깔고 한 소절 연주했다.

"다음은 위협하는 멜로디입니다."

"복종을 뜻하는 멜로디입니다."

"자, 구애의 멜로디입니다."

그렇지만 수강생들에게 그 소리는 종잡을 수 없는 잡음에 불과했다. 말이 멜로디지, 음 하나하나가 매끄럽게 이어지지 않았고 시종 의미 불명이었다. 조교가 진지하면 진지할수록 현에 활을 변덕스레 부딪는다고 생각할 수밖에 없는 소리에 불쾌함을 느꼈다.

수강생들은 그저 어떻게 하면 상사와 문제없이 대화할 수 있는지, 시어머니와 원만히 지내려면 어떻게 해야 하는지 알고 싶을 뿐이었다. 어느 깊은 정글에 있다는 동굴의 어둠 속에서 박쥐들이 어떻게 교미 상대를 찾는지는 아무래도 상관없는 문제였다.

교실 안이 술렁거렸다. 한 수강생은 짜증스레 볼펜을 짤깍거리고, 한 수강생은 옆 사람과 비밀 이야기에 빠져 있고, 또 몇 명은 잠이 푹 들어 바이올린 소리가 나도 깨지 않았다.

그런 분위기를 눈치채지 못했을 리 없는데도 조교는 실쭉하지도 않고, 대충 하지도 않고, 어디까지나 성실하게 이야기를 계속했다. 그는 아무 잘못도 없었다. 그저 조합이 좋지 않을 뿐이었다.

"……이상입니다."

조교는 그렇게 말하고 사진과 그림 등을 강대 위에 통통 키를 맞추면서 마지막으로 덧붙였다.

"질문이 있으시면……"

다음 순간 나는 힘차게 "네!" 하며 손을 들었다. 수강생들 사이에 얼른 끝내고 싶은데 성가신 인간이 다 있다고 언짢은 웅성거림이 퍼졌지만, 나는 개의치 않고 일어섰다.

"선생님, 마지막으로 한 곡 연주해주세요."

왜 그런 말을 했는지 스스로도 설명할 수 없었다. 그가 박쥐의 초음파만 켤 수 있으면 어떻게 하나 하는 걱정은 없었다. 나도 모르게 그렇게 지껄였다.

"신청곡이 있으십니까?"

그는 나를 돌아보고 아케이드에 있던 여자라는 것을 알아채지 못한 채 살짝 미소 지었다.

"〈사랑의 인사〉를 부탁드려요. 엘가의 〈사랑의 인사〉요."

그는 초음파를 켤 때와 똑같이 바이올린을 들고 심호흡을 한 번 하더니 조용히 활을 그었다.

첫 음이 울린 것과 동시에 차분한 바람이 일어 눈 깜짝할 새 교실 전체를 감쌌다. 조금 전까지 주위를 지배하던 술렁거림은 현의 떨림 속에 사라졌다. 조교는 살짝 눈을 감고 어깨로 리듬을 맞추며 열심히 바이올린을 켰다. 모두가 그를 보며 귀 기울여 들었다. 이윽고 클라이맥스에 이르러 한층 섬세한 울림이 방 안을 구석구석 메웠다. 어느새 모두가 상냥함을 되

찾아 박쥐의 구애가 무사히 이루어지기를 기원했다. 멜로디
는 서서히 종언을 향해 나아가며 착지점 쪽으로 선회하기 시
작했다. 바람은 그에 맞춰 더욱 포근해졌다.

마지막 음이 가늘게, 유연하게 이어지며 한 사람 한 사람의
가슴에 숨어들어 파동을 일으켰다. 유괴범의 시계와 같은 파
동이었다. 조교는 활을 내리고, 이어서 바이올린을 내리고, 그
러고 나서 정중히 절했다. 사람들은 박수를 쳤다. 사랑의 인사
를 나누는 듯한, 언제까지고 오래도록 이어지는 박수였다.

어디로 돌아가는지 모르는 조교의 뒷모습을 향해 말없이
작별 인사를 한 뒤, 나는 홀로 아케이드로 돌아왔다. 걸으면
서 내내 조교 생각을 했다. 인간은 아무도 발을 들여놓은 적
이 없는 캄캄하고 습한 동굴에 사는 황갈색과일박쥐를 생각
하는 인생. 그들이 발하는 초음파의 의미를 알고 싶어 하고,
그것을 알면 어떻게 되는 건지도 모르는 채, 날이면 날마다
그들을 관찰하고 그래프를 만들고 가설을 수립하고 실험을
되풀이하는 인생. 인간이 모르는 방식으로 신호를 주고받는
작은 동물의 현명함에 감명 받는 인생. 그리고 바이올린을 잘
켤 수 있는 인생.

어쩌면 아버지가 살았을 수도 있는 인생은 이렇게나 매력적이다. 나는 그런 생각을 하는 것만으로도 행복했다. 아버지의 불운을 이렇게 누가 보충해준다. 아케이드 관리인으로서의 인생이 얼마나 근사한 것이었는지를 이런 식으로 내게 보여준다.

"그래, 틀림없어."

나는 중얼거렸다.

아케이드 입구가 보이는 곳까지 왔을 때 밤은 이미 이슥했다. 고리 집은 벌써 오래전에 들어가고 없었다. 길 건너편을 올려다보니 유괴범의 시계가 가로등 불빛 속에서 마침 한 칸 움직이는 참이었다.

연고 상점에 손님이 있는 게 보였다. 야채 장수 할아버지다. 아주 가끔 자전거 짐받이에 오이와 완두콩, 콜리플라워 등 제철 채소를 싣고 팔러 온다. 종류는 별로 많지 않지만 야채가 모두 신선한 터라 상점 주인들은 할아버지가 오기를 고대한다.

그날, 바구니의 대부분을 차지하는 것은 토마토였다. 그런데 어째선지 짜부라졌거나 터진 게 눈에 띄고 여느 때처럼 싱

싱하지 않았다. 도중에 넘어져 야채가 쏟아졌던 모양이다.

"잠깐 볼게요, 할아버지."

할아버지는 셔츠를 벗고 러닝셔츠 바람으로 동글 의자에 걸터앉아 연신 "미안해요."라고 하며 쩔쩔맸다. 연고 상점 주인은 살갗이 까진 팔꿈치와 어깨, 손바닥에 연고를 발라주었다. 목소리에 담긴 다정함도 연고와 함께 피부에 스며든다.

"어머나, 이런 곳에도 상처가 났네요."

연고 상점 주인은 갈비뼈 언저리에서 생채기를 발견하고 검지로 연고를 듬뿍 떴다.

"하여간 재수 없는 날이군요. 하필이면 토마토를 실은 날 넘어지다니."

"그렇지만 뼈가 안 부러져서 다행이에요."

"이래 가지곤 못 팔아요. 감자하고 호박은 피해가 없었지만……"

"토마토소스로 만들면 되죠."

"사례로 필요하신 만큼 얼마든지 드리고 가겠습니다."

"신경 안 쓰셔도 돼요. ……멍든 곳엔 습포를 붙여드릴게요."

"미안합니다. 참 폐만 끼치는군요."

할아버지는 구부정하게 앉아 더욱더 미안해하며, 손바닥에 바른 연고가 잘 스며들도록 후후 불었다. 연고 상점 주인은 습포를 펴서 멍이 든 위팔에 조심스레 붙였다.

"아아, 시원하고 기분 좋군요."

할아버지는 무심코 눈을 가늘게 떴다.

나는 이 할아버지를 미행하기로 결심했다. 할아버지는 고맙다고 거듭 인사하고 습포가 떨어지지 않게 살살 셔츠를 입은 뒤 자전거를 밀며 아케이드를 뒤로했다. 몸이 여기저기 쑤셔서 조심하느라 자전거를 타지 않을 생각인 듯했다. 자전거는 꽤 낡아 안장에 구멍이 뚫렸고, 타이어는 한 바퀴 돌 때마다 삐걱거렸다. 그에 맞춰 짐받이의 바구니도 출렁였다.

넘어진 게 충격이었는지 할아버지의 뒷모습은 평소보다 풀죽어 보였다. 발걸음은 기운 없고, 핸들을 쥔 손은 힘이 없었다. 지나가는 사람들은 모두 귀찮다는 듯 자전거를 피해 갈 뿐, 노인이 다쳤다는 사실을 누구도 알아차리지 못했다. 오로지 나만이 삐걱삐걱 소리에 귀 기울이고 있었다.

할아버지는 큰길을 빠져나가 강변길을 내려가 다리를 건넜다. 인적이 점점 뜸해져 적당한 거리를 가늠하기가 어려워졌지만, 할아버지는 나를 알아차리는 기색이 없었다. 앞을 보며 한 발짝 한 발짝 걸을 뿐이었다. 자세가 구부정해도 다부진 체격을 알 수 있었다. 손가락 마디가 굵고, 목은 검게 탔으며, 손톱 밑에 흙이 묻어 있었다. 오랜 세월 몸을 써서 살아온 사람의 증거가 곳곳에 남아 있었다. 짜부라졌건 터졌건 토마토는 바구니 안에서 자랑스레 빨갛게 빛나고 있었다.

할아버지는 다리 반대편에 있는 조그만 분수 앞에서 자전거를 세웠다. 물보라에 젖는 것도 개의치 않고 분수 가장자리에 앉아 잠시 휴식을 취했다. 벌거벗다시피 하고 물놀이를 하는 아이들의 환성이 주위에 울려 퍼지고 있었다. 할아버지는 그런 아이들을 얼마 동안 바라본 뒤, 바구니에 손을 뻗어 짜부라진 토마토를 하나 꺼내 베어 물었다. 신선한 껍질이 터지는 소리, 즙 흐르는 소리가 내 귀에까지 들리는 듯했다. 열매에 꽉 찬 햇볕 냄새가 팡 터져 할아버지의 옆얼굴을 감쌌다.

또 한 사람의 아버지가 몸뚱이 하나만을 의지해 대지의 결실을 얻는 인생을 살고 있다면 참 근사한 일 아니겠나. 나는 할아버지에게 감사하고 싶은 마음으로 그런 생각을 했다. 작은 실패는 있어도 그것을 보완하고도 남는 게 준비되어 있다. 상냥한 목소리의 주인이 상처를 치료해준다. 그리고 또 무슨 일이 생기면 도와줄 수 있도록 몰래 지켜보는 누군가가 있다.

할아버지는 토마토 한 개를 다 먹었다. 즙이 묻은 손을 바지 궁둥이에 슥 문질러 닦았다. 이제야 기운을 차린 모양이다. 자전거에 올라타 쪼르르 뛰어다니는 아이들을 조심하며 페달을 밟아나갔다. 자신의 밭을 향해 자전거를 달렸다.

　"안녕히 가세요."

　나는 중얼거렸다.

　"안녕히 가세요, 아버지."

　한 번 더, 중얼거렸다.

포크댄스 발표회

노인들은 모두 진지했다.
이제 젊었을 적처럼 움직여주지 않는 몸으로도
곡에 담긴 의미를 어떻게든 재현하려 노력하고
동시에 파트너에게 경의를 표하려 했다. 어깨에 손을 얹고, 손을 잡고,
스텝을 밟으면서 왼발 뒤꿈치로 바닥을 지른다.

한겨울 오후, 나는 손잡이 씨 가게 앞에 서 있었다. 페페는 아케이드에서 가장 따뜻한 가게의 가장 따뜻한 가스난로 앞에 놓인 잠자리에 몸을 말고 누워 있었다. 며칠 전 심장 발작을 일으킨 페페는 손잡이 씨 가게에 잠자리를 마련했다.

페페가 어느새 이렇게 나이를 먹은 것인지 알 수 없었다. R가 백과사전을 읽어주던 무렵, 페페는 아피아 가도를 누구보다 기운차게 달리며 눈을 반짝였고, 심지어 잘 때도 즐거운 일이 있으면 금세 달려갈 수 있도록 귀를 쫑긋 세우고 있었다. 그런데 지금은 배달도, 산책도 못 가는 것은 물론 볼일을 보러 안마당에 갈 때조차 발을 질질 끌었다. 상점 주인들이 안마당에 모여 와자지껄 떠들 때 중심에 있으면서 어느 누구보다 신나서 설쳤건만, 잠자리에 누운 채 꿈쩍도 하지 않고 '난 빼고 재미있게들 노세요'라고 하는 듯한 눈빛으로 다른 사람들을 바라보았다. 귀는 언제나 고개를 수그리듯 늘어져 있었다.

손잡이 씨와 페페는 잘 맞았다. 레이스 상점 주인과 종이 상점 시스터 누나가 둘이서 하나의 매끄러운 윤곽을 가지고 있듯, 또는 R와 내가 독서 휴게실에서 빼놓을 수 없는 하나의 풍경을 이루었던 것처럼, 그들은 고요의 베일 한 장에 함께 싸여 있었다. 다행히도 고통은 없는 듯했다. 등이 굽고 백발은 숱이 적어지고 귀가 멀어도, 털이 듬성듬성 빠지고 검은자위가 탁해지고 다리가 가늘어져도, 그런 것을 염려하는 기색은 없었다. 자신의 몸에서 털과 청력과 근육이 빠져나가는 것도 모른 채 그저 가만히 있으면서 차츰 조그맣게 줄어들었다.

동글 의자에 앉아 꾸벅꾸벅 졸고 있던 손잡이 씨가 느닷없이 재채기를 했다. 손잡이 씨는 자신의 재채기 소리에 놀라 고개를 들더니 금세 잠 속으로 돌아갔다. 재채기조차도 조그마했다. 벌의 날갯짓만 한 어렴풋한 떨림이었다.

추위가 공기 중의 먼지를 투명한 결정으로 바꿔놓았는지,

빛은 가로막는 게 아무것도 없는 하늘에서 모조 스테인드글라스로 듬뿍 쏟아져 포석에 선명한 무늬를 그렸다. 빛 웅덩이를 보니 어린 시절 이래의 버릇으로 못 견디게 발을 담그고 싶어졌다. 모양을 흐트러뜨리지 않게 살며시 발을 내디뎌보았다. 그제야 나는 아버지가 열여섯 살 생일에 선물해준 신발을 신고 있는 것을 깨달았다. 진짜 가죽으로 되어 있고 발등에 스트랩이 달린 암적색 구두였다. 어지간한 일이 아니면 신지 않고 소중히 보관해두었던 이 구두를 어째서 지금 신고 있는 건지 생각해보려 애썼다. 서두를 필요는 없다, 괜찮다, 생각할 시간은 얼마든지 있다고 스스로를 타일렀다.

여느 때보다 색채가 더 선명한 웅덩이가 포석 곳곳에서 흔들리고 있건만, 내 신발은 여전히 암적색이었다. 운동화를 색색의 보석으로 장식해주었을 때 어땠던가 하고 기억을 되살리며 발을 기울여보고 들어보고 눈을 가늘게 떠보고 뚫어지게 보고 했지만, 빛은 나를 그냥 통과할 뿐 조금도 색을 남겨주지 않았다.

나는 구두 한쪽을 벗어 들어보았다. 뒤꿈치 모서리가 살짝 깨졌다.

위를 올려다보자 모조 스테인드글라스가 맑은 겨울날을 축복하듯 반짝이고 있었다.

"아아, 어쩌면 저렇게 예쁠까."

나는 진심을 담아 중얼거리고 다시 발치를 내려다보았다.
암적색 구두는 동그마니 그곳에 있었다. 그곳에만 축복이 닿
지 않았다.

페페, 하고 부르려다가 그만두었다. 페페가 누워 있는 곳이
너무나도 완전무결한 잠의 세계라 그곳에서 억지로 끌어내는
짓은 할 수 없었다.

"페페, 손잡이 씨랑 같이 편히 쉬어."

나는 대신 그렇게 말했다.

"이제 방해 안 할 테니까 안심하고 편히……"

그날은 일요일로, 이 역시 화창한 한겨울날이었다. 동트기
전 안마당 나무들 잎사귀 하나하나에 맺혀 있던 이슬도, 포석
의 움푹 팬 구멍에 괴어 있던 물방울도 모두 알알이 얼었고,
바람조차 얼어붙어 그저 뼛속까지 시린 냉기만이 주위를 메
우고 있었다. 아침 첫 햇살이 아케이드에 비쳐 들 무렵 상점
주인 몇 명은 이미 일어나 아침 식사를 준비하거나 몸단장을
하거나 가게를 열 준비를 하고 있었다. 의안 상점 주인은 아

직 침대 안에서 꾸물거리고 있었지만, 종이 상점 시스터 누나는 동생 것까지 두 사람 몫의 커피 원두를 갈고 있었고, 고리집 주인은 가루를 배합하고 있었다. 훈장 상점 주인은 가게 커튼을 열고, 손잡이 씨는 세면대 앞에서 머리를 틀어 올리려 하고 있었다. 모든 게 평소와 다름없었다. 그때까지 모두가 이루 셀 수 없을 만큼 되풀이해온 평범한 하루의 시작이었다.

평소와 다른 게 있었다면 하나는 훈장 상점 부인이 충수염으로 입원 중이었다는 것, 다른 하나는 아버지와 함께 영화를 보러 가기로 약속했다는 것이었다. 이 두 가지가 어렴풋한 징조였다 할 수 있을지도 모른다. 하지만 그것을 대단하게 받아들인 사람은 물론 아무도 없었다. 부인은 수술이 성공해 다음 날인 월요일 퇴원할 예정이었고, 아버지와 영화를 보러 간다는 것은 그저 나를 들뜨게 하는 약속일 뿐 방해받을 여지는 어디에도 없는 듯했다.

열여섯 살 겨울방학, 나는 아케이드에서 배달 아르바이트를 해서 비록 액수는 얼마 안 되지만 생전 처음 내 손으로 돈을 벌었다. 그 돈으로 영화 티켓을 두 장 사서 아버지에게 선물했다.

"저런, 그런 소중한 돈을 아버지한테 쓰다니 아깝잖냐."

종이 상점 시스터 누나에게 포장을 부탁해 리본까지 달고 거창해진 티켓을 정중히 증정하자, 아버지는 부끄러워할 뿐 아니라 당황하기까지 했다.

"아버지는 신경 쓰지 말고 너 좋은 데 쓰지……"

얼른 고맙다고 해야 한다는 것을 알면서도 그 말을 하면 되레 진짜 마음을 표현할 수 없게 되지 않을까 걱정듯, 티켓을 든 채 언제까지고 안절부절못하며 쑥스러워했다.

"굉장한 것도 아닌데요, 뭐. 누구 좋아하는 사람이랑 기분 전환 삼아 같이 보고 오세요."

아버지의 쑥스러움이 옮아 나까지 부끄러워졌다.

"그럼 너랑 가자."

아버지는 말했다.

"이번 일요일 저녁이 좋겠다. 상가 회의가 있는 날이지만 저녁엔 끝날 거야. 영화관 로비에 있는 찻집에서 만나서 가볍게 요기하고 7시 반 걸 보자꾸나. 거기 찻집 그라탱이 일품이거든."

일요일 7시 반이면 로맨틱한 연애 영화를 상영할걸요. 딸 말고 같이 데이트해줄 사람 없어요? 하고 내가 물을 틈도 없이 아버지는 혼자 다 결정했다.

"알았어요. 그렇지만 그라탱은 아버지가 사주셔야 해요."

"그야 물론이지. 아버지한테 맡겨라."

그러고 나서 아버지는 포장을 끌러 티켓을 찬찬히 바라본 뒤 내게 한 장을 주고 또 한 장은 재킷 안주머니에 소중히 넣었다. 그런 뒤에야 조그만 목소리로 "고맙다"라고 했다. 조그만 목소리가 아니면 눈물이 글썽한 것을 얼버무릴 수 없는 듯 보였다.

당일 오후, 아버지는 상가 모임에 참석하러 노면전찻길에 면한 회의소로 갔다. 회의소에서 바로 영화관으로 가마, 어차피 지나는 길이겠다 시간도 딱 적당하니까, 라고 하며 티켓이 든 재킷 왼쪽 가슴에 손을 대본 다음 코트를 걸쳤다. 그게 다녀오겠다는 인사 대신이고, 이별의 신호였다. 나는 그저 천진하게 손을 흔들기만 했다.

태양이 얼굴을 드러내고 발치에 긴 그림자가 드리워졌을 무렵, 바람이 조금씩 불기 시작했다. 가로수 나뭇가지들 맞부딪는 소리가 아케이드 안쪽까지 숨어들어 안마당에서 소용돌이를 일으키고 나뭇잎을 춤추게 했다. 이따금 멀리서 윙윙 바람 우는 소리가 들렸다. 아케이드 여기저기에 새벽부터 미처다 녹지 못한 냉기 덩어리가 남아 있었다.

노인회 모임이 주문한 메달 열여덟 개를 주민회관으로 배달해줄 수 없느냐고 훈장 상점 주인이 부탁하러 온 것은 아버지가 나가고 두 시간쯤 지났을 무렵이었다. 배달 아르바이트는 겨울방학 동안만 한 것이라 그만둔 다음이었지만, 의뢰인과 메달 제조 공장과 훈장 상점 주인 간의 연락에 착오가 있었던 듯 난처한 상황 같기에 받아들였다. 아르바이트 기간 중 일을 제일 많이 의뢰한 사람이 훈장 상점 주인인 터라, 메달 배달은 익숙하다는 마음도 있었다.

"미안하다, 소중한 데이트를 앞두고."

"괜찮아요. 시간도 충분한데요, 뭐."

"집사람이 있으면 가게 보라고 시키고 내가 갔다 오면 되는데, 꼭 이런 때 도움이 안 된다니까. 이제 곧 매입 때문에 손님이 오기로 돼 있어서 가게를 비울 수 없지 뭐냐."

"괜찮아요. 그렇지만 데이트 아니에요. 아버지랑 영화 보는 것뿐이지. 훈장 상점 아저씨가 그걸 어떻게 아세요?"

"다들 알아. 관리인이 온 아케이드에 자랑하고 다녔다고."

나는 훈장 상점 주인에게 메달이 든 상자를 받고 지도에서 주민회관의 위치를 확인했다. 약속 시간까지는 아직 여유가 있었지만, 배달을 마친 뒤 아케이드로 돌아오지 않고 바로 영화관으로 갈 생각으로 유일한 외출복인 감색 모직 원피스와 옷깃에 인조 모피를 댄 코트, 암적색 구두 차림으로 출발했다. 영화 티켓은 떨어뜨리지 않도록 코트 주머니 맨 안쪽에 잘 넣었다.

메달은 노인회에서 주최하는 포크댄스 발표회의 참가상이었다. 노면전차를 타고 가는 동안에도, 걷는 동안에도 상자 속에서 메달이 내내 달그락거렸다. 나는 배달하는 물품이 내는 조그만 소리를 귀와 두 손으로 느끼는 게 좋았다. 그게 태어나서 처음 노동해 얻은 가장 큰 수확이었다. 물건들이 기쁨에 차 자신을 필요로 해주는 사람 곁으로 얼른 가고 싶어 하는 소리로 들렸다. 그 소리가 내 손안에 있다고 생각하는 것만으로도 자랑스러운 기분이 들었다. 나는 그 소리에 귀를 기울이면서도 이따금 코트 주머니에 손을 넣고 티켓이 잘 있는지 확인하는 것을 잊지 않았다.

주민회관에서는 한창 포크댄스를 하는 중이었다. 멋지게 차려입은 노인들이 집회실에서 원을 이루었다가 두 줄로 마주 보고 섰다가 하며 레코드에서 흘러나오는 곡에 맞춰 춤추고 있었다. 벽은 조화와 장식 끈과 색종이로 장식하고, 구석에 쿠키와 컵케이크, 보온병에 든 홍차를 준비해놓았다. 레코드 하나가 끝나면 스태프가 방 안을 돌며 종이컵에 홍차를 따라주고, 잠시 쉰 뒤 그다음 레코드를 틀었다. 여성은 프릴이 달린 풍성한 치마에 꽃무늬 블라우스를 입었다. 머리에 리본을 묶거나 목에 스카프를 두른 사람도 있었다. 턴을 할 때마다 치맛자락이 사랑스럽게 나부꼈다. 수는 많지 않았지만 남자들도 나비넥타이를 매고 반들반들 광낸 구두를 신고 머리에 포마드를 발라 한껏 멋을 냈다.

메달 열여덟 개를 스태프에게 무사히 전달한 뒤로도 어쩐지 갈 마음이 나지 않아 한동안 포크댄스를 견학했다. 영화관 찻집에서 혼자 기다리기보다 그들의 춤을 보는 게 훨씬 느긋하게 시간을 보낼 수 있을 듯했다. 곡은 하나같이 소박하고 평화로웠다. 턴테이블의 상태가 안 좋은지 가끔 바늘이 튀거나 리듬이 어긋났지만, 그들은 신경 쓰는 눈치 없이 정해진 안무를 충실하게 지키며 그들 나름의 리듬감으로 원상태를 되찾았다.

노인들은 모두 진지했다. 이제 젊었을 적처럼 움직여주지 않는 몸으로도 곡에 담긴 의미를 어떻게든 재현하려 노력하고 동시에 파트너에게 경의를 표하려 했다. 어깨에 손을 얹고, 손을 잡고, 스텝을 밟으면서 왼발 뒤꿈치로 바닥을 지른다. 치맛자락을 잡고, 팔짱을 끼고, 제자리에서 빙글빙글 돈다. 또는 한 손을 허리에 얹고 다른 손을 맞대며 스텝을 밟아 앞뒤로 이동한다. 손이 떨리고 다리가 꼬일 때도 가끔 있었지만, 그래서 안무가 흐트러지거나 보기 흉해지는 일은 없었다. 다들 서로서로 돕고 보완해주며 음악 속에 하나가 되어 있었다. 작은 실수는 절묘한 악센트로 역할을 다했다.

그들의 발소리가 쉴 새 없이 들렸다. 창밖에서는 어느새 날이 저물어 바람이 조금씩 강해지는 듯했지만, 난방이 잘 된 집회실은 따뜻했다. 노인들은 따뜻함 속에서 춤추었다. 아무런 걱정도 없이, 불만도 없이, 지금 이 곡에 맞춰 춤추고만 있으면 세상은 아무런 문제도 없을 것이라고 믿는 것처럼 그저 열심히 스텝을 밟았다.

그러다 문득 열여덟 명이 아니라 스무 명이 있다는 것을 깨달았다. 몇 번을 다시 세어도 역시 스무 명이었다.

"참가상 메달은 열여덟 개 주문하셨죠?"

나는 레코드플레이어 옆에 선 스태프에게 확인했다.

"네."

"여기 스무 분이 계신 것 같은데요."

"아아……"

여자는 그런 말인가, 하는 투로 대답했다.

"오늘 아침 들어 갑자기 참가한 할아버지가 계시거든요. 간이 안 좋아서 입원 중인데, 의사 선생님께 억지를 부려서 외출 허가를 받았대요. 봐요, 저기 작고 등이 굽고 머리숱 없는 분. 그래서 사람 수를 짝수로 맞추려고 스태프 한 명이 낀 거예요."

"그럼 참가상은 열아홉 개 필요하지 않나요?"

나는 당황해서 물었다.

"그러게요."

하지만 스태프는 전혀 아랑곳하지 않는 태도였다.

"메달이 하나 모자라는데요."

"어떻게든 되겠죠."

"어떻게든……"

"예를 들어 부부 동반으로 참가하신 분은 하나만 드린다든지."

"그건 안 돼요."

나는 단호하게 말했다.

"참가상은 참가한 사람 전원에게 주는 거예요. 편찮으신데도 참가하신 할아버지께 드릴 메달이 없다니 그럴 순 없어요. 보세요, 다들 저렇게 열심히 춤추시잖아요."

배달 담당으로서 나는 필요한 물건이 필요한 사람에게 전달되지 않는 것을 참을 수 없었다. 간이 나쁜 할아버지는 병 때문인지 걸음걸이가 한층 불안정하고 낯빛도 안 좋았다. 그래도 음악과 다른 사람들 속에 어우러져 하나의 원을 그리는 데 어엿이 동참하고 있었다. 상자 안에서 달그락거리던 메달의 기쁨에 찬 목소리는 누구보다도 저 할아버지에게 필요하다고 생각했다.

"제가 어떻게든 하나 더 마련해 올게요. 똑같은 건 없지만 비슷한 메달은 있을 테니까요."

"네? 구태여 그렇게 무리할 것 없는데요."

"무리하는 게 아니라 당연히 할 일이에요. 잠깐 전화 좀 쓸게요."

나는 훈장 상점에 전화를 걸었다. 그런데 아무리 기다려도 전화를 받지 않았다. 주인은 다음 날 부인의 퇴원을 앞두고 일찍 문을 닫고 병원으로 간 뒤였다.

아케이드로 가서 메달을 가지고 돌아오면 아버지와의 약속에 늦을 것이다. 순간적으로 그런 생각이 들었지만 그때는 그라탱보다도, 영화보다도, 배달 담당으로서의 의무가 더 중요하게 여겨졌다.

"폐회식 전에 올 수 있게 얼른 갔다 올게요. 그러니까 기다려주세요. 저 할아버지가 메달 없이 가시게 하면 절대로 안 돼요."

스태프에게 다짐을 두는 동안에도 음악은 울려 퍼지고 노인들은 계속 춤추었다. 나는 집회실에서 뛰쳐나와 날 저물어 가로등에 불이 들어온 길을 돌아왔다. 한 줄기 바람이 불어와 땋아서 늘어뜨린 머리카락을 흔들었다.

"괜찮아." 나는 몇 번씩 중얼거렸다. 아버지 사무실에 여벌 열쇠가 있다. 그것으로 열면 된다. '포크댄스 발표회·참가상'이라는 글귀는 없어도, 월계관과 승리의 여신이 새겨진 메달이라면 아마 헛방에 재고가 있을 것이다. 말없이 꺼내도 훈장 상점 주인은 화내지 않을 것이다. 시상식을 그 어떤 것보다도 사랑하는 사람이니까…… 나는 마음을 진정시키려고 스스로를 계속 타이르며 찬 바람 부는 거리를 달렸다. 익숙지 않은 외출용 구두 탓에 뒤꿈치가 까져 아팠다.

아케이드는 맥 빠질 정도로 조용하고 평소와 똑같았다.

"어라? 아버지랑 데이트 아니었어?"

마침 가게 앞에 있던 의안 상점 주인이 물었다.

"네, 이제 가려고요."

나는 급히 대답했다. 주인들은 각각 가게 문 닫을 준비를 하고 있었다. 상품을 진열하고, 손님이 오고, 감사합니다, 하고 머리 숙여 인사하고, 그러면서 아무 탈 없이 지나간 하루에 감사하며 익숙한 순서로 가게 문을 닫았다.

생각했던 대로 훈장 상점 헛방에 사이즈와 색이 똑같은 메달이 있었다. 리본 폭이 다소 좁은 듯했지만, 거기까지 신경 쓸 여유가 없어 메달을 영화 티켓과 반대편 주머니에 넣고 다시 거리로 달려 나왔다. 운 나쁘게도 노면전차가 출발한 직후라 다음 전차가 올 때까지 15분쯤 기다려야 했다. 기다리고 있기도 초조해서 다음 정거장까지 달려가기로 했다. 마침 다음 정거장 앞이 영화관이니 찻집에 들러 아버지에게 먼저 그라탱을 드시라고 말하자. 영화가 시작될 일곱 시 반까지는 틀림없이 올 테니까 걱정 말고 천천히 드시라고.

그제야 거리 분위기가 평소와 달리 묘하게 어수선한 것을 알아차렸다. 길 가는 사람들은 모두 불안한 표정으로 허둥대는 듯 보였고, 길도 차로 꽉 막혀 있었다. 곳곳에 사람들이 모여 있어 생각대로 달릴 수가 없었다. 급기야 바람이 얼굴을 들 수 없을 만큼 강해져, 별이 깜박이기 시작한 하늘에서 소용돌이치며 윙윙거렸다.

이윽고 바람 소리에 섞여 사이렌 소리가 들렸다.

"불이다!"

한 사람이 누구에게랄 것 없이 소리쳤다. 바람을 피해 코트 소매로 입을 가리며 앞을 올려다보니, 손이 닿을 듯 가까운 하늘 중간쯤에 주황과 검정과 노랑이 뒤섞인 불기둥이 치솟고 있었다. 방금 전까지 평범한 밤하늘이었는데 어느새 저런 게 싶어 나는 믿기지 않는 심정으로 우두커니 서 있었다. 불길은 한시도 가만있지 못하고 계속 꿈틀거리며 불똥을 튀기고, 소용돌이치는 바람에 실려 부쩍부쩍 커졌다. 흩어진 불똥이 군청색 하늘에 반짝여 별과 분간할 수 없었다. 가로등 불빛보다, 자동차 불빛보다 아름답게 빛났다.

"……영화관이라나 봐."

인파 속에서 누가 말하는 소리가 들렸다. 사이렌은 이중, 삼중으로 울리고 도로는 자동차 경적 소리로 가득했다.

나는 바람 반대 방향으로 도망치려는 사람들을 헤치고 서둘러 영화관으로 향했다. 누군가의 어깨에 부딪쳤더니 저쪽에서 혀를 찼다. 발을 밟혀 신발 뒤꿈치가 깨졌다. 불 냄새가 강해졌다. 지금 내게 가장 중요한 것, 영화 티켓과 메달을 잃어버리지 않았는지 한 번 더 확인했다. 그라탱을 앞에 놓고 나를 기다리는 아버지의 뒷모습과, 팔짱을 끼고 빙글빙글 도는 간을 앓는 할아버지의 뒷모습을 번갈아 떠올렸다. 누가 나를 멈추려 했다. 나는 코트 양쪽 주머니를 꽉 누르며 기다리는 사람이 있어요, 하고 부르짖었다. 부르짖으며 영화관 안으로 달려 들어갔다.

영화관 주방에서 가스가 폭발하며 불이 나, 바람 부는 방향으로 번졌던 불길이 잡힌 것은 새벽이 다 되어서였다. 주민회관은 무사했다. 노인들은 보이지 않고 컵케이크와 레코드도 이미 치워져서 없었지만, 집회실에 비쳐드는 아침 햇살은 환했다. 그 환한 햇살에 이곳에서 펼쳐졌던 평화로운 춤의 여운이 남아 있는 듯 느껴졌다. 영화관은 열기로 일그러진 골격만을 남긴 채 흔적도 없이 사라져버렸다. 간판, 좌석, 스크린, 영사기, 무엇 하나 남지 않아 어디가 찻집이고 어디가 객석이었는지도 알 수 없었다.

나는 홀로 거리를 걸어 다녔다. 풍경은 하룻밤 새 변하고 말았건만 거리는 고요하기조차 했다. 뒷정리를 하는 사람, 현장검증을 하는 사람, 카메라를 든 사람, 그저 망연히 서 있는 사람. 사람의 모습은 여기저기 보였지만 다들 말이 없었다. 누구도 뒤꿈치가 깨진 신발을 신고 걷는 여자애를 거들떠보지 않았다. 땋은 머리가 불길에 살짝 그슬렸는지 역한 냄새가 났다. 그래서 다들 나를 보지 않는 걸까.

유괴범의 시계가 인도에 떨어져 있었다. 유리가 깨졌는데도 고장 나지 않고 멀쩡했다. 그 증거로 바늘이 한 칸 재까닥 움직였다.

"아, 바늘 움직이는 거 처음 봤네."

나는 혼잣말을 중얼거렸다.

아케이드에는 아무도 없었다. 나는 집으로 돌아와서 땋은 머리채를 가위로 쌍동 잘라 옷 갈아입히는 인형이 들어 있던 상자에 넣었다.

"손잡이 씨."

자는 줄 알았는데, 손잡이 씨와 페페는 금세 눈을 떠 얼굴을 들었다.

"저 방에 들어가도 돼요?"

나는 수사자 머리가 조각된 문손잡이로 시선을 돌렸다.

"그야 물론이지."

손잡이 씨가 대답했다.

"고맙습니다."

페페가 일어서려 하기에 나는 등을 쓸어주며 "괜찮아" 하고 만류했다.

"사자가 있으니까 걱정 안 해도 돼."

페페는 나를 올려다보더니 '아, 그럼 안심이네요' 하는 표정으로 다시 몸을 말고 누웠다.

"이 정도면 배달 담당으로서 충분히 일한 것 같으니까 이제 아버지한테 가야지."

내 말이 들리는지 아닌지 손잡이 씨는 어디 먼 곳을 바라보며 미소 짓고 있었다.

"너무 오래 기다리게 하면 불쌍하잖아. 모처럼 데이트하는데."

나는 수사자 손잡이를 돌려 안에 숨어 있는 어둠에 천천히 몸을 담갔다.

"어라?"

고리 집 주인은 도넛을 튀기다 말고 문득 길 건너편 건물을 올려다본다.

"어느새……"

고리 집 주인의 시선이 향한 곳에 유괴범의 시계가 멈춰 서 있다. 이제 두 번 다시 움직이지 않을 것이다.

"어서 오십시오."

아케이드 안쪽에서 어느 상점 주인의 목소리가 들린다.

세계의 우묵한 구멍에서

　오가와 요코의 세계는 고요하다. 지구상 어딘가에 존재하는 복고풍 그림엽서 속 마을 같은 거리에서 사람들은 큰 소리로 명랑하게 웃지도, 통곡하며 울지도, 언성을 높여 싸우지도, 환성을 지르지도, 요란하게 자기주장을 하지도 않는다. 그저 눈을 내리깔고, 숨죽이고, 조용히 기도하듯 하루하루를 살고 있다. 그렇기에 작가의 소설을 읽다 보면 언제나 정밀靜謐함이 잔물결처럼 가슴에 찰랑찰랑 밀려든다.

　여기 세상 끝 아케이드는 그중에서도 한층 더 정적으로 메워진 곳이다. 노면전차가 다니는 큰길에 입구가 있는데도 마치 에어포켓처럼 외따로 존재하는 그곳은 그야말로 세상 끝,

세계의 우묵한 구멍이다. 들리는 소리라곤 어쩌다 이곳을 찾는 손님의 발소리, 어서 오세요, 하며 상점 주인이 손님을 맞는 소리, 잡음 섞인 라디오 소리, 환풍기 돌아가는 소리 정도다. 그조차도 금세 고요 속에 도로 파묻힌다. 그것은 어쩌면 그들이 영원히 잃어버린 것들의 추억에 둘러싸여 지내기 때문인지도 모른다. 세상 끝 아케이드의 상점에서 취급하는 레이스, 의안, 훈장, 옛날 그림엽서, 유발 등은 모두 둘도 없이 소중한 것을 영원히 잃었다는 슬픔과 외로움, 상실감을 물건이라는 형태로 남긴 것이라 할 수 있다. 세상 끝 아케이드의 상점 주인들은 모두 자신이 취급하는 물품을 마음속 깊이 이해하고 애정과 연민으로 대한다. 그것은 곧 그 물건에 담긴 어떤 이의 인생, 그 슬픔도 외로움도 애정과 연민으로 대한다는 뜻이다. 세상 끝 아케이드를 찾는 손님들은 그것을 감지하고 지붕에 모조 스테인드글라스를 끼우고 바닥에 포석이 깔린 아케이드에 발을 들여놓는 것이다.

그렇기에 오가와 요코의 세계는 다정하다. 두 번 다시 되돌아오지 않을 시간, 두 번 다시 만나지 못할 사람, 인간이 근원적으로 겪을 수밖에 없는 슬픔을 살며시 보듬어준다. 그것을 해소해주는 것은 아니다. 애초에 해소가 가능하지 않은 인간의 근원적 조건이기에. 세상 끝 아케이드는 그저 따뜻한 어둠처럼 슬픔을 감싸주고 일부분이나마 맡아줄 뿐이다. 하지만 비록 해소해주지는 못한다 해도 자신의 슬픔을 이해하고 소중히 여겨주는 사람이, 장소가 존재한다는 것은 그것만으로 큰 위로가 아닐까. 그 뒤 어떻게 살지는 그 사람의 몫이다. 하룻밤 편한 잠을 위해 아버지 훈장을 팔아 술을 마실 남자, 수사자 머리가 조각된 백랍 손잡이가 달린 문 너머 어둠에서 나와 어머니를 찾은 길 잃은 어린 소녀, 상처에 발라준 연고 덕에 다시 힘차게 페달을 밟아 자전거를 달려나가는 야채 장수 할아버지, 마지막으로 완벽한 도넛 자세를 보여준 체조 선수 결혼 사기범. 그들은 모두 각자 다른 길을 갈 것이다. 그리고 물론 '나'도, 그럴 것이다.

2015년 1월
권영주

세상 끝 아케이드

지은이 오가와 요코
옮긴이 권영주
펴낸이 김영정

초판 1쇄 펴낸날 2015년 2월 28일
초판 2쇄 펴낸날 2019년 3월 29일

펴낸곳 (주) 현대문학
등록번호 제1-452호
주소 06532 서울시 서초구 신반포로 321 (잠원동, 미래엔)
전화 02-2017-0280
팩스 02-516-5433
홈페이지 www.hdmh.co.kr

ISBN 978-89-7275-732-0 03830

* 책값은 뒤표지에 있습니다.